宇宙船の落ちた町

根本聡一郎

ハルキ文庫

JN154234

角川春樹事務所

本書はハルキ文庫の書き下ろし作品です。

The Town Where
A Spaceship Fell
Soichiro Nemoto

目次

宇宙船の
落ちた町

プロローグ

2010 7/12
AM 9:32

一つの選択が、平凡な日常を劇的に変えてしまうことがある。

悩んだ末、話題の新作ゲームを購入した翌朝。六時半にアラームを設定したはずのデジタル時計がひっそりと九時三十二分を示しているのを見ながら、青砥《あおと》佑太《ゆうた》はそう思った。

人口が一万人に満たない宇多莉《うたり》町《まち》の学生にとって、路線バスはライフラインだった。

自宅前のバス停から七時に出る便に乗り遅れた場合、次の便が訪れるのは約一時間後の八時十二分で、これを逃すと日が暮れるまでバスが来ない。

仕事に向かう母の車に同乗するという裏技もあったが、机の上にある書き置きは、自分がその機会すら失ったことを示していた。母の筆跡で「でかけます。学校には自分で電話すること」とだけ書かれたメモを読み、うめき声を上げる。佑太の一日というゲームは、開始早々に詰みを迎えつつあった。

宇多莉町には、何もない。この町に住む人たちは揃《そろ》ってそう口にする。

もちろん町内に何も存在しないわけじゃない。あってほしいものがなく、なくてもいいものだけがある状態を、人は悪意なく「何もない」と言うものらしい。

「すぐ、そこ」とCMで宣伝しているコンビニへ辿《たど》り着くには、車で十五分、通学している中学校までは三十分、「カフェ」と名のつく場所が目視できるまでには一時間かかる。

漫画や小説で「ふらっと立ち寄ったお店」という言葉を見るたびに、自分の家からふらっと立ち歩いても森と沼にしか行きつかない現実を思い出し、暗澹《あんたん》とした気持ちになった。

この町では、どこか建物に辿り着くという行為は気を確かに持たないとできないことで、ちょっとした油断で一日の予定がすべて潰《つぶ》れてしまうことがある。今日は佑太にとって、久しぶりのそんな日だった。

学校に向かうまともな手段を失った佑太は、怨霊《おんりょう》のような声で「頭痛がするので休む」と職員室に電話をかけた後、大胆な開き直りを見せ、裏山へと出かけていた。肩からかけた通学用のエナメルバッグには、昨日の下校時に買った「少年ジャンプ」と、祖父母の家からもらった卵で母が作ってくれたタマゴサンドが入っている。

　眼前には、鈍い碧色《へきしよく》に輝く鏡沼《かがみぬま》が見えてきていた。鏡沼の周辺は樹木が伐採されていて、暗い林の中で巨人がぽっかりと口を開けたような空き地となっている。親父《おやじ》が言うには、昔この場所に洒落《しやれ》た遊歩道を整備して、ハイキングコースとして観光地化するという計画があったものの、バブル崩壊とともに開発計画は立ち消え、申し訳程度に整理された空地と鏡沼だけが残ったらしい。その結果、土地の価格がどうとかで親父は損な思いをしたそうだが、世間から忘れ去られたようなこの場所を、佑太はとても気に入っていた。

　鏡沼が一望できるゆるやかな山の斜面に腰を下ろす。タマゴサンドを頬張《ほおば》り、澄んだ空気を身体《からだ》で感じながら、漫画を読み始めた。「何もない町」に住んでいるのは、悪いことばかりじゃない。そう思う理由の一つが、この時間にあった。

　宇多莉町には交番が中心部に一つだけあり、そこにごく少数の警察官が勤務している。面積だけはやたらに広い宇多莉町をパトロールするのは容易ではなく、学校をサボった中学生が裏山で漫画を読んでいたところで、咎《とが》める大人はどこにもいなかった。交番に務める警官の一人、横田《よこた》さんは「横ちゃん」と呼ばれてみんなに親しまれている。あだ名で呼ばれるくらい住民と仲が良いことが警察にとって良いことなのかどうかは分からなかったが、そんなことを問題視する人がどこにもいない程度に、この町は平和だった。

2010 7/12
AM 10:12

漫画家の巻末コメントまでしっかりと読み切ったところで、携帯電話の待ち受けを確認する。時刻はまだ午前十時を回ったところだった。画面の右隅に「受信メール 1件」の文字があるのに気づき、親指でキーを操作する。

受信ボックスを開くと、教師に隠れてゲームの貸し借りをしている悪友、赤嶺東人《あかみねはると》からの開封済みメールの上に、「円谷瑛介《つぶらやえいすけ》」を差出人にした新着メッセージが届いていた。

『クエストは順調かー？　英語の小テストあるらしいから、明日はちゃんと来いよー』

メールを開くと同時に、思わず笑みがこぼれる。こいつには全部お見通しらしい。

学年トップの成績を常に維持する優等生の瑛介と、ヤンキーではないが授業態度が極めて不良な佑太とでは、教師からの評価は正反対だったものの、漫画とゲームという共通の趣味のおかげで、お互いの仲は昔から良かった。

「Re:」がいくつも並んだ件名を横目に、瑛介への返信内容を考える。文字を打とうとボタンに指を置いたところで、突然、携帯電話が聞いたこともない音を立て、激しく震え始めた。人の不安を煽《あお》るような、不協和音の入り混じったアラート。十秒近くその不快な音が響き渡った後、待ち受け画面には、見慣れないメッセージが表示された。

政府からの発表
「直ちに避難。直ちに避難。直ちに建物の中、又は地下に避難して下さい。ミサイルが、周辺に落下するものとみられます。直ちに避難して下さい」
（総務省消防庁）

液晶に浮かび上がる「ミサイル」の文字。佑太は信じられないような気持ちで、何度も文章を読み直していた。メッセージは、追い立てるように「直ちに避難」という言葉を繰り返し、建物や地下への避難を促《うなが》している。

半信半疑で周囲を見渡す。宇多莉町には相変わらず呑気《のんき》な自然風景が広がっていて、「ミサイル」が飛来《ひらい》する予兆はどこにもない。

視線を落とし、澄んだ夏空を映している鏡沼を見ながら、佑太は誤報《ごほう》を疑いはじめていた。そもそも、こんな辺境の田舎を攻撃したところで、誰《だれ》に何の得があるとも思えない。もしかすると、新手の避難訓練なのかもしれない。そう自分を納得させかけたところで、ふいに鏡沼が光を放つのが見えた。

はじめは、何かの見間違いだろうと思った。だが、閃光《せんこう》は目の前で次第《しだい》に大きくなり、いまや鏡沼全体が青白く輝いている。その水面に異様な影が映りこんでいるのに気づき、弾《はじ》かれたように顔を上げた。

「……なんだよ、あれ」

「あれ」と少しでも形が似た飛行物体を、佑太はこれまで見たことがなかった。少なくとも、自分が知っている「ミサイル」の形とはあまりにかけ離れている。その銀色の物体は、青い稲妻のようなものにその全身を包まれたまま、宇多莉町のはるか上空をひどくゆるやかに落下していた。ずっと遠くに浮かんでいながら拳大《こぶしだい》のサイズで見えていることを考えると、実際には、広場を覆いつくしてしまうほどの大きさがあるのかもしれない。

呆然《ぼうぜん》とその物体を眺めていると、その内側から白い粒のようなものが一つ吐き出されるのが見えた。蟬《せみ》が鳴くようなジリジリという音にまじって、わずかに風を切るような音が聞こえはじめる。上空で粒のように見えていた物体は徐々に大きくなり、広場の方へと向かってきているようだった。

「嘘《うそ》だろ」

本当にあれが「ミサイル」なのだとしたら、一刻も早くここを離れなくてはいけない。頭ではそう分かっていても、佑太の身体は凍り付いたように動かなかった。だんだんと落下していた物体の姿が明瞭《めいりょう》になり、その形を「卵みたいだ」とぼんやり思った刹那《せつな》、落下物は、高い水飛沫《みずしぶき》をあげて鏡沼に飛び込んだ。

反射的に掲げた両手に、冷たい水飛沫がかかる。身を縮め、しばらく身動きせずに見守っていたものの、広場には何の変化も起きなかった。状況を理解できないまま、佑太は「卵」を放出した上空の物体を仰ぎ見る。飛行物体の姿は着実に大きくなっていたが、ここまで降りてくるにはまだ時間がかかりそうだった。

再び視線を落として鏡沼の方を見ると、今まさに落ちてきた卵のような物体が、横倒しの形で水面に浮かび上がってきているのが見えた。上空からの激しい落下後にもかかわらず、その滑らかな表面には傷一つない。不安を抱えつつその姿を見つめていると、シュ一ッという低い音を立て、唐突《とうとつ》に「卵」の半身が開いた。孵化《ふか》のイメージとまったく異なる、あまりに機械的な動き。その動作が止まると、本物の卵であれば黄身があるあたりに、誰かが横たわっているのが見えた。

倒れているのは、佑太より一回り小さい子どものようだった。身長は小学生くらいで、短い髪と痩《や》せた体つきから少年のように見える。着ている服は奇妙な光沢を放つ白色で、手と足の先、それに関節部分だけが黒く染まっていた。この町ではまず見かけたことのない、ＲＰＧの世界から抜け出してきてしまったような奇抜な服装だった。

鏡沼の中心に浮かぶ異様な「卵」とそこで眠る少年から目を離せずにいると、ゆっくりと上体を起こした少年の視線が自分の視線と交錯《こうさく》した。息を呑《の》むほど透き通った、ライトブルーの瞳《ひとみ》。少年が何も言わずにこちらを見つめる中、佑太の足は自然と斜面を駆け下り、鏡沼のほうへと動き出していた。

一・漂着

2020 4/5
AM 10:02

「宇宙友好博覧会の百日前からスタートする『清火《せいか》リレー』の壮行会が東京都内で開催され、映画『牛の惑星』などで主演を務めた俳優の前沢《まえさわ》タカヲさんがスペシャルランナーを務めることが分かりました」

オーロラビジョンから流れるニュースを聞き流しながら、ペデストリアンデッキの階段を登る。すべてが冗談のように聞こえるイベントも、毎日のように公共の電波を通して伝えられると、それなりに威厳《いげん》が出てくるらしい。

階段を登り切り、音の聞こえる方へ視線を向けると、家電量販店の壁に映し出された巨大な女性アナウンサーが佑太を出迎えた。

「宇宙友好博覧会は、二〇一〇年七月十二日の宇宙船漂着から十周年を記念して行われる文化博覧会で、大会に先だって行われる清火リレーでは、宇宙船とフーバー星にゆかりのある参加者が、清火ランナーを務めます」

　春らしい若草色のブラウスに身を包んだ若いアナウンサーは、新年度に入って間もないこともあってか、緊張した面持ちで原稿を読み続けている。そんな彼女でも舌を噛《か》んでしまわない程度には、「フーバー星」や「宇宙友好博覧会」という単語は一般的になりつつあるらしい。ただ、例の漂着地点から百キロ程度しか離れていないこの舞楼市《まいろうし》でも、街頭で清火リレーや宇宙船を話題にしている人はほとんどいない。それが良いことなのかどうかは、今の佑太には分からなかった。

「会場では、漂着した宇宙船の技術から生まれたエネルギー『斉力《ふうりよく》』の平和利用を紹介するブースや、斉力自動車のコンセプトカーなどが設置され、会場に設置された直径二十メートルのミニチュア宇宙船が青白い光を放ちながら浮かび上がると、訪れた人たちからは拍手や歓声が上がりました」

　ニュース原稿のテンプレートをなぞるような音声と、楽しげな子どもたちの映像。佑太は画面に背を向けると、ペデストリアンデッキから直結する駅の入口へと歩を進めた。

四月に入って初めての日曜日。舞楼駅前には、普段より浮かれた雰囲気の若者を多く見かけた。初々しいリクルートスーツに身を包んだ男女の姿を見ながら、何か一つでも別の選択をしていれば、自分もあんな格好でここにいたのだろうかと思う。

現実の佑太は、胸に「DAMN」とだけ書かれたTシャツにジーンズ姿で、今日も日雇いのアルバイト現場を目指していた。「敷かれたレール」を脱線し、漂流するように人生を続ける今の自分には、この服装はよく馴染《なじ》んでいる。そんなことを考えながら歩を進めていると、前を行く男子学生らしき二人組の会話が耳に入ってきた。

「あれ、お前りさりさのファンだって言ってなかった?」

「そうだけど、なんで」

「ほら、マリスタ握手会だってよ」

そう言って、背の高い男性が前方を指差す。つられるようにその先を見ると、赤いジャンパーを着た男性が「マリア・シスターズ握手会会場『ゼブラアリーナ』の最寄りはJR永街《ながまち》駅です」と書かれたプラカードを手に持ち、つまらなそうに立っているのが見えた。

「知ってるわ。なんなら、ゼブラアリーナに行く道順も完全に暗記してるわ」

背の低い男性はすらすらとそう答えたが、その声はやや沈んでいるようだった。

「じゃあ、なんで行かねえの」

「必死で応募したのにチケット抽選ぜんっぶ外れたから今日は二郎でヤケ食いなんだよ。

言わせんな恥ずかしい」

　尋ねられた男性は、早口で一気にまくし立てた。

「そっか、そういう理由で今日だったんだな」

　背の高い方の男性は少し間を空けて、ねぎらうような声をかける。街路樹の植えられた駅前広場に出たところで、二人組はアーケード街へと向かっていった。

　佑太は再び前方に目をやりながら、このプラカードを持っている男も、自分と同じ日雇いアルバイトだろうと思う。アイドルにはほとんど興味がない佑太でも「りさりさ」の顔と名前は知っていた。隣駅にまで誘導の看板を立てたり、どうやら抽選で外れたファンが少なからずいるらしいことから判断すると、今日の現場はかなりの人手が予想されているようだ。入口脇《わき》の交番に貼《は》られている「その人、テロリストかも?」と書かれたポスターを後目《しりめ》に、佑太は舞楼駅へと足を踏み入れた。

　駅舎に入った佑太を出迎えたのは、異様な光景だった。大勢の人々が頭上を見上げてスマートフォンを構え、ひたすらにシャッター音を鳴らしている。何事かと思いながら群衆の視線の先を追うと、アイドルグループ「マリア・シスターズ」のメンバーがずらりと並んだ巨大広告が、天井から吊《つ》り下げられているのが見えた。どうやら、今日の握手会イベントと連動したPRキャンペーンらしい。

　フラッグ広告の下では、大勢のファンが魂を奪われたように写真を撮り続けている。

なかでも人が集まっているのは、「りさりさ」こと、常盤木《ときわぎ》りさのフラッグだった。澄んだ大きな瞳に、筋の通った鼻。つるんとした卵型の小顔は、長く艶《つや》やかな黒髪に包まれている。改めてその整った容姿を眺めながら、この子は人気が出て当然だと思う。常盤木りさには、見た瞬間に「住む世界が違う」と感じさせるような、独特の雰囲気があった。

しばらくフラッグを見上げていた佑太は頭を振り、券売機へと向かう。財布からＩＣカードを取り出し、最低限の金額だけをチャージすると、券売機の上部に「フーバー星の方は駅員にお声がけください」と書かれたラベルテープが貼られているのが見えた。日本語の下には、フーバー語の角張った文字が暗号のように並んでいる。フーバー星人に配慮するこうした注意書きは、大抵の交通機関や役所などで見られるようになっていた。だが、あの漂着から九年が経《た》っても注意書きがラベルテープの上に書かれたままであるところを見ると、いまだにどう対応していいか困惑しているような雰囲気も感じられた。

実際、フーバー星人が駅員に「お声がけ」したらどうなるのだろう。運賃がタダになるのだろうか。もしそうなら、今日だけ名乗ってみるのも悪くないかもしれない。ろくでもないことを考える自分の頭を呪《のろ》いつつ、身なりの良い老婦人に続いて改札を抜ける。婦人のＩＣカードにチャージされていた金額は、佑太の二十倍を超えていた。

舞楼駅から一駅の位置にある永街地区は、人口百万人を超える地方中核都市・舞楼市の副都心として、現在もなおマンション建設ラッシュに沸く人気の住宅地だった。

駅から徒歩五分の位置にある「ゼブラアリーナ舞楼」は、スポーツや音楽関係のイベントなどで利用される多目的アリーナで、普段は地元バスケットボールチームの試合がよく行われている。

会場運営の責任者によれば、一階アリーナと周囲の観客席を含めるとこの会場には八千人が収容可能らしいが、今はその観客席のほとんどが「マリア・シスターズ」の到着を待つファン、通称「ファミリア」によってぎっしりと埋め尽くされていた。

「ヤバい眺めっすね。マスゲームとか始まりそう」

軽い調子で話しかけてきたのは、隣に立っていた眉《まゆ》の細いアルバイトスタッフだった。佑太と同じ、控室で支給された黒のポロシャツとインカムを身に付け、首から下げた赤いスタッフ証の前で腕を組んでいる。上背はあるが表情は幼く、年齢は自分より少し若いように見えた。佑太が愛想《あいそ》笑いを浮かべると、細眉の男は親しげに話を続けた。

「俺《おれ》、アキラっていいます。お兄さんは？」

「青砥です」

佑太がぶっきらぼうに苗字《みょうじ》だけを答えても、アキラ青年の表情が曇ることはなかった。

「ナオトさん。かっこいいっすね。アーティストって感じ」

「……そうですかね」

あまり多い苗字ではないので、名前を間違えられることには慣れていた。この仕事が終われば二度と会わないだろうと思い、あえて訂正はせず、今日はこのまま「ナオト」として過ごそうと決める。

「ナオトさんは、『剝《は》がし』目当てで応募したんすか？」

「いや、この時間がちょうどよかったんで」

早起きがこの世の何よりも苦手な自分にとって、十三時から二十一時の八時間労働で、人間関係を作る必要のないこのバイトは都合が良かった。

「そうなんだ。それでりさりさの剝がしになるとか、マジでラッキーっすね」

応募理由を隠さず言うと、アキラは素直に羨《うらや》ましがった。

この会場に来て初めて知ったことだったが、アイドルの握手会では「剝がし」と呼ばれる役割のスタッフがいた。このポジションについたスタッフは、自分の担当するアイドルとファンが握手する時間を測った上で、特定の秒数を過ぎたら「お時間です」と通告し、アイドルから離れてもらう。このとき、アイドルに粘着し続けるファンもほとんど力ずくで引き剝がすことから、この役割を担うスタッフがそう呼ばれるようになったらしい。

佑太は特に何の希望も持たずにこのアルバイト現場に来ていたが、運営側にとってはそういう人間の方がありがたいらしく、人気アイドル、常盤木りさの剝がしスタッフを任されていた。

「ナオトさんのポジション、金払ってもやりたいって奴《やつ》らクソほどいますよ」

「はぁ」

アキラにそう言われても、佑太にはいまいちピンとこなかった。アイドルと長い時間一緒にいたいファンを無理に引き剝がすなんて仕事は、何か人の恋路を邪魔するようであまり気が進まなかった。イベントの時間が有限《ゆうげん》である以上、そうした役割が必要になることは理解できるが、なんとも恨みを買いそうな業《ごう》の深い仕事だと思っていた。

「アキラさんは、剝がし志望だったんですか」

どうしてこのポジションを希望する人がいるのかが気になり、何気なく尋ねてみる。アキラは笑みをうかべて大きく頷《うなず》くと、自分の背中の方を親指で示した。指した位置には、アイドルとファンとを隔てる薄紅色の柵《さく》が、万里の長城のように延々と続いている。

「これから、あの柵の向こうにマリスタの子たちが来るんすよ。で、俺らはずっと、ここからオタクたちの握手を見張ってる。つまり俺ら剝がしは、握手会に来たオタクよりも全然長く、マリスタを間近で見てられるんすよ！」

アキラの熱のこもった説明を受けて、佑太は初めてその役得《やくとく》に気づく。ぼーっと見ているわけにはいかないはずだが、イベントの最中、自分たちがアイドルから三メートルも離れていない位置に居続けられるのは事実だった。

「しかもマリスタの場合は、終わった後にスタッフとも握手してくれるんすよ。アイドルイベントいろいろ出てますけど、そこまでやってくれんのはマリスタだけっすね」

「……そうなんですか」

聞きながら、牛丼《ぎゅうどん》屋で働いているアルバイトが、まかないで牛丼を貰《もら》えるようなものだろうかと思う。口ぶりからすると、アキラはマリスタ以外のアイドルのイベントスタッフも数多く経験しているらしかった。こちらの熱のない相槌《あいづち》をものともせず、アキラは楽しげに説明を続ける。

「厄介オタクをちゃんと剝がせば、アイドルの子たちから感謝されて、握手もできて、終わったら金まで貰える。こんなに良い仕事、この世で他にないんすよ」

アキラは引き続き、自分たちの役割がいかに恵まれているかを熱っぽく語る。言われてみれば、アイドルファンにとってこの現場は天国のようなものかもしれない。

「でも、剝がしって難しそうじゃないですか？　話してる途中で割り込んだりするの、やりづらそうだなと思って」

佑太が懸念していたことを口にすると、アキラは笑顔のまま首を振った。

「そんなこと考えたら仕事になんないっすよ。これ、剝がしのコツなんすけど、オタクは侵略してくる宇宙人みたいなもんだって思うんすよ。で、俺らはその侵略からマリスタを守る護衛ね。そう考えたら、この仕事、インベーダーゲームみたいなもんなんで」

「インベーダーゲーム」

思わずアキラの言葉を繰り返す。改めてアリーナの入口の方に目をやると、整然と列になるファンの姿と、その向かう先に置いてある柵の配置は、インベーダーゲームに似ていないこともなかった。ただ、諸々《もろもろ》の事情を考えてそのまま感想を口にするのは避ける。

例の宇宙船の漂着以降、宇宙人を侵略者扱いするような表現はメディアでことごとく問題視され、インベーダーゲームも「不適切な表現がある」としてゲームセンターや量販店の店頭から徹底的に回収されていた。ただ、その過剰な対応がネット上で話題になり、違法ダウンロードでインベーダーゲームが流行《はや》るという「事件」が数年前にあったことで、アキラや佑太のような世代の若者も、四十年も前に発売したあのゲームを知っているという奇妙な事情があった。そんなことを無言で思い返していると、隣でファンの列を眺めていたアキラが、思い出したように付け加える。

「あ、実際の宇宙人もそこそこ来るらしいっすよ。マリスタ愛に星は関係ない、とかで」

「……へぇ」

最近では「宇宙人」も「インベーダー」も差別用語として扱われていて、メディアでは口にするのが避けられている。ただ、アキラにはそうした事情は関係ないらしかった。そう言われてから自分の列を眺めてみると、フーバー星人の最も分かりやすい特徴として知られる、ライトブルーの目をしたファンがぽつぽつと並んでいるのが見えた。

メディアで連日伝えられていたような「悲劇の難民・フーバー星人」のイメージとは乖《かい》

離《り》した現実を見ながら、それもそうかと思う。宇宙船が落ちようと隕石《いんせき》が降ろうと人には娯楽が必要で、その需要に応《こた》えてくれる「マリスタ握手会」に、彼らフーバー星人がいるのは何もおかしなことではないのかもしれない。

「でもあれっすね、りさりさの列、たぶんイベント終わるまで途切れないっすよ」

二階観客席を見上げながら、アキラは面白がるような、同情するような声で言う。

マリア・シスターズは「圧倒的清純感」をコンセプトにした十二人組のアイドルグループで、「全員が処女懐胎《かいたい》で生まれた姉妹」という、アイドル産業もここまで来たかと思わせる奇抜な設定を持っていた。姉妹という設定であるため、所属するアイドルには黒髪や大きな瞳等々、容姿に似たような特徴があったが、やはり人気には個人差があるらしい。その中でも現在ブレイク中で、ソロ活動もこなす常盤木りさの前には、握手レーンの青い枠が他のアイドルよりもずいぶん長く用意されていた。

「俺、マキティくらいでよかったなぁ。ヒマになったら、りさりさの応援入りますんで」

アキラの発言は時々無神経だったが、手伝いの申し出をしてくれるあたり、それほど悪い人物ではないようだった。隣の「マキティ」こと柊真希《ひいらぎまき》のレーン枠は、常盤木りさに比べると明らかに短い。佑太が軽く礼を言ったところで、マイク越しに会場全体へと威厳のある低い声が響いた。

「ファミリアのみなさま、本日はお越しいただき、誠にありがとうございます。『懺悔《ざんげ》しちゃお？』発売記念、マリア・シスターズ握手会、まもなく開始いたします」

アナウンスの声が響き渡ると、硬く閉ざされていたアリーナ側面の扉が開き、続々とアイドルが入場してくる。混乱を避けるためなのか、アイドルが入場したことはマイク越しには伝えられなかった。

「お待たせいたしました。女性・児童の方から先にご案内させていただきます。女性・児童の方はアリーナの方へお進みください」

そのアナウンスが終わると同時に、会場全体がにわかにざわめき出す。視線を上げると、二階の観客席から一階アリーナへと移動する女性ファンの傍らで、できるだけ早く列に並べる場所を抑えようとする男性ファンたちの攻防が始まっていた。

「押さないでください！　イベントは、本日参加したみなさま全員が握手し終わるまで続きます！　参加している姉妹のみなさま全員が安心して会を終えられるよう、節度を持った対応をお願いいたします！」

佑太たちの前で、ファンの整列誘導を担当するスタッフが声を張り上げる。アイドルたちがスタンバイしている柵のほうを振り返りたい気持ちがあったが、この喧騒《けんそう》が収まるまでは、レーンに並ぶファンをしっかり見ておく必要がありそうだった。誘導スタッフの声が収まり、会場が落ち着きを取り戻したところで、インカムから指示が入る。

『整列ＯＫです。剝がしスタッフ、配置についてください』

その声を合図に、スタッフが一斉に柵の方へと振り返る。

佑太の視線の先には、アイドル・常盤木りさが立っていた。赤いタータンチェック柄のドレス。腰まで届く長い黒髪。グラビアもこなす、恵まれた体型。その姿を足元から静かに見上げていく中で、ふいに心臓が跳ね上がる。今、常盤木りさの黒く大きな瞳は、何か明確な意図を持って、佑太をじっと見つめていた。

二　時間

　どうして、常盤木りさが佑太を見つめていたのか。真っ先に考えられるのは、すべてが佑太の勘違いということだった。

　テレビで見ない日はなく、バラエティやクイズ番組で発言するたびに、内容をまとめただけの記事がヤフーニュースのトップを飾ってしまう人気絶頂のアイドル。それが常盤木りさだった。そんな彼女が、周囲と同じTシャツを着た日雇いアルバイトの青砥佑太を、ひとりの人間として認識しているわけがない。佑太と目が合ったのは偶然で、何か言いたげな顔をしていたように見えたのも、背中のあたりが少しかゆくてそんな表情になっただけかもしれない。そう言い聞かせた後、佑太はそれ以上妙な期待を抱かないよう、自分の仕事に集中することにしていた。

　握手会が始まって一つはっきりしたのは、アキラのアドバイスが有効だということだった。九割のファンは良識的でルールを守ってくれるものの、ごく一部が「推し」への愛で暴走してしまうことがあり、その暴走を鎮圧するために「剝がし」の存在意義はあった。

　はじめのうちは「ファンも自分と同じ人間だ」だとか「ここに来るまでにもきっと大変

な苦労があったんだろう」などと同情する気持ちが勝って、なかなか所定の時間が来ても「お時間です」とファンに言い出せないことが数回続いた。しかし、アイドルに向かって前回のステージの「改善すべき点」を長々と告げたり、自分のスマートフォンを無理やり持たせたりして少しでもその場に居座ろうとする一部のファンを見ているうちに、脳内でカチリとスイッチの入る音が聞こえ、開始三十分が経った頃《ころ》には、佑太はファンをアイドルから粛々《しゅくしゅく》と引き離す冷徹な護衛になっていた。

佑太が驚いたのは、そんなファンたちへの常盤木りさの対応だった。心から「ありがとう」と言った上で、本当に嬉《うれ》しそうに笑っている。彼女の言葉や表情には、まったく嘘がないように見えた。握手会に訪れるファンの容姿はバリエーションに富んでいたが、彼女はどんなファンも最高の笑顔で出迎え、握手をし、一人一人に温かい声をかけていた。

握手会も終盤に入り、永遠に続くと思われた「①常盤木りさレーン」にも終わりが見え始めた頃、待機列に立つ人物の姿を見て、佑太は小さく息を呑んだ。

ライトブルーに光る目が、こちらをじっと見据えている。茶色のオーバーオールを着たそのファンの背丈は、隣のレーンに立っていたアキラと比較すると、二メートルを優《ゆう》に超えているように見える。二列に並ぶようファンを誘導し続けていたスタッフも、横の幅も大きいその男には指示を諦《あきら》め、列に一人で並ばせていた。

担当していたファンの列が途絶えたアキラが、やや心配そうにこちらを覗《のぞ》き込む。佑太は小さく頷き、青い目のファンに「どうぞ」と声をかけた。自分のその声が届いたのか、巨大なファンは、足音を立ててゆっくりと壁の方へ近づいてくる。その間も、常盤木りさは変わらず柔らかい笑みを湛《たた》えていた。男が柵に辿り着き、黙り込んだまましばらく身動きを取らずにいると、周辺の空気はにわかに緊迫感を増していった。

「……あれ、大丈夫すか」

アキラがレーンの手すりに寄り掛かり、今までになく真剣な顔でこちらに問いかけてくる。すぐに返事はできなかった。あれだけの上背があれば、ファンとアイドルを隔てている柵も越えられてしまいそうな気がする。思いつめたような表情からは、逆恨みで何か暴力をふるいかねない印象を受けた。悪い想像が次々と頭に浮かぶ。意を決し、大男を引き離そうと足を踏み出しかけたところで、その声は響いた。

「こ、こんばんわ」

洞窟《どうくつ》の奥底から聞こえてくるような声の主は、見上げるほど大きいファンの男だった。常盤木りさは頷くと、「こんばんは」と快活に挨拶《あいさつ》を返す。ファンの大男は、その声に何度も頷くと、震える手を柵の方に差し出しながら、重低音で話しはじめた。

「わたし、ラニ・ノマクといいます。フーバーセイジンです」

ファンがそう名乗ると、わずかに常盤木りさの表情が変わった。恐怖を覚えたわけではない、ただ、喜んだわけでもない微細な変化。変化はほんの一瞬のことで、それが彼女のどんな内面を映しているかは、佑太には分からなかった。

「ノマクさん。可愛《かわい》い名前ですね！　クマさんみたいで」

すぐに元の表情に戻った上で、常盤木りさは明るい声で返事をする。お互いの服装の色合いも相まって、その光景は童謡「森のくまさん」のワンシーンのようだった。

会話が成立し、相手が凶暴な人物ではないと分かったことで、周囲に安堵《あんど》の空気が流れ始める。だが、本来の握手の時間は大幅に過ぎてしまっていた。インカムから指示が飛び、佑太が過去最大級の相手を剝がそうと動きはじめたところで、ノマクと名乗ったフーバー星人の男性は、再び口を開いた。

「にほんごニガテでしたが、リサリサとはなしたくて、ほんきでレンシュウしました」

「……そうなんだ」

常盤木りさは一瞬、考えこむようにうつむいたが、すぐに笑顔でファンを見上げた。

「ありがとう、すっごく嬉しいです！　ノマクさんの日本語、とってもお上手ですよ！」

「お時間です」

背後からファンたちの無言のプレッシャーをひしひしと感じながら、佑太はノマクさんの大木のような胴に両手を当てた。ノマクさんは素直に頷くと、ライトブルーの目にうっすらと涙を浮かべ、名残惜しそうに去っていた。

常盤木りさはその背中を少しだけ目で追った後、再び大勢並んでいるファンの方へと笑顔を振りまく。その途中で一瞬、彼女の視線が佑太に注がれたように見えたが、きっと気のせいだと自分に強く言い聞かせ、残りの仕事に集中することにした。

ノマクさん以降は特に変わった挙動《きょどう》のファンも現れず、三時間半に及んだ握手会はついに終了を迎えた。

就労時間とほぼ同時に、アイドルたちは「ありがとうございました！」とステージですぐるような余所《よそ》行きの挨拶を揃って行い、そそくさとアリーナ脇の控室へ退出していった。

アキラから「終了後にスタッフも握手ができる」と聞かされていた佑太は、実のところかなり落胆していたが、アキラに何か尋ねて「楽しみにしてたんすね？」などと言われるのも癪《しやく》だったので、青いレーンの撤去を黙々と進めた。

レーンの撤去がほとんど終わり、会場に残されているのがアイドルとファンを隔てていた柵ばかりとなった頃、再びアリーナ脇の扉が開き、青いスタッフ証を首から下げた男が手を叩《たた》きながら現れた。

「はいはいはい！　スタッフのみなさん注目！　今日も一日おつかれさんねぇ！　毎度お馴染み、クイーンレコーズの萬城目《まきめ》ですねぇ！」

よく響く声に、特徴的な語尾。萬城目と名乗った人物は、マイク無しでアリーナ全体に声を届かせ、一瞬でフロアの注目を集めた。

トンボのような巨大なサングラスをかけた小太りの萬城目は、厚い唇に笑みを浮かべ、スタッフを睥睨《へいげい》している。その後ろには、マリスタのアイドルたちが何も言わずに口角をあげて並んでいた。

「マリスタの子たちがねぎらいたいということなんで、スタッフのみなさん、好きな姉妹のとこに並んでちょうだいねぇ！　これからもマリスタをよろしくねぇ！」

萬城目がそう声をかけると、アイドルたちは自分の元いた柵の位置へと戻っていく。

アキラの話していたとおり、マリスタによるイベントスタッフへの握手はたしかにあった。だが佑太には、目の前の光景が萬城目によるスタッフの「餌付《えづ》け」のように見えてしまい、昂揚《こうよう》していた気持ちはみるみるうちに萎《しぼ》んでいた。

「みなさんを剝がすスタッフはいないから、厄介オタクにはなんないでねぇ！」

萬城目がそう言うと、スタッフの間に低い笑い声が広がった。

さすがにイベントを運営する側ということもあって、スタッフたちは手際よくアイドルの前へと並び、握手を終えるとスムーズに持ち場へと戻っていった。やはりというべきか、最も長い行列ができたのは常盤木りさだった。

萬城目の「家畜」になるのが嫌で、しばらくレーンを片づけるふりをしていた佑太は、並んでいる人数が十人以下になったところで、やっとアイドルの並ぶ柵の方を振り返る。

同時に、呼吸が止まった。

常盤木りさが、またこちらを見ている。イベント中は、自分の後ろに何か気になるものがあっただけだとごまかしていた。だが今は、佑太の背後には何もない。

いったい、どういうことなんだろう。そのまま握手の時間をやり過ごすつもりだった佑太は、葛藤《かっとう》の末、常盤木りさが待つ列へ吸い寄せられるように足を進めていた。

「……えっ、覚えてくれてるんですか？　僕、スタッフ二回目で」

「もちろんですよ～。やっぱりそうだったんですね！」

常盤木りさは、スタッフとの握手会にもイベント中と同じ熱量で取り組んでいるようだった。握手を終えたスタッフが頬を緩めて帰っていく中、一つだけ気になったのは、常盤木りさが握手のために右手だけを使っていることだった。イベント中は自然に両手を使っていたことを思い出し、休憩時間に怪我《けが》でもしたんだろうかと心配になる。そんなことを考えている間にもどんどんと列は進み、まったく心の準備ができないうちに佑太の番が回ってきた。

自然に整った優しげな眉の下で、黒く大きな瞳が輝いている。常盤木りさの艶美《えんび》な姿を前に何も口をきけずにいると、透き通った声が沈黙を破った。

「宇多莉の方ですよね」

その声のトーンは、前に並んでいたスタッフたちへかけていたものとは明らかに違っていた。アイドルの殻《から》の中から、聞こえたような声。

「……違います」

美しい顔立ちから目を逸《そ》らし、とっさに嘘をつく。

自分は、あの町の人間ではない。誰に尋ねられても、今はそう答えることにしていた。一方で混乱する頭の中では、すぐにでも尋ねたい疑問が次々と浮かんでいた。なぜ佑太が宇多莉町の出身だと知っているのか。どうして宇多莉の名前を口にしたのか。疑問が言葉になる前に、再び透明な声が響く。

「でも、間違ってないと思う」

常盤木りさは、吸い込まれそうな大きな瞳で佑太の顔を見据え、自身に言い聞かせるようにそうつぶやいた。それから周囲に誰もいないことを確認すると、親指だけを曲げた左手をそっと差し出してくる。

促されるようにその手を握ると、彼女が両手で柔らかく佑太の左手を包み、手のひらに「何か」を託したのが分かった。

「……じゃあ、がんばってくださいね！」

数秒前の出来事がすべて幻想だったかのように、常盤木りさは今日の握手会でほとんど全員にかけていた言葉を口にし、柵から離れて手を振った。

「はいはいはい！　じゃあ、握手タイムは終了ねぇ！　舞楼にはまた来ちゃうつもりだから、そんときはみなさん、よろしくねぇ！」

萬城目のその声が合図となり、アイドルたちがアリーナから続々と退出していく。佑太は左手を握ったまま、信じられないような気持ちで彼女たちの後ろ姿を見つめていた。

薄暗い照明の灯《とも》った、舞楼市郊外の安アパートの一室。

佑太は会場で取っ払いでもらった給料袋を取り出し、さっそく中を改めていた。

求人サイトには「日給8千円～2万1千円」の文字が躍《おど》っていたが、封筒に入っていたのは八千円だった。こんな待遇でもあのアルバイトに人が集まり続けるのは、「スタッフ向け握手会」という福利厚生のおかげかもしれない。会場で見たクイーンレコーズ社員・萬城目の丸々と肥えた体型を思い出しながら、なかなかあこぎな商売だと思う。

それからふと、イベント終わりに自分が手に入れた「何か」のことを思い出し、佑太はズボンのポケットを探り始めた。

「……あった」

会場では、ファンがアイドルに何かを渡すことは厳重に取り締まられ、整列した時点で「手のひらチェック」と呼ばれる検査が実施されていた。これはファンがスタッフに広げた両手を見せ、何も両手に持っていないこと、何かを手のひらに付着させていないことを確認する身体検査で、その様子を見たときは「ここは刑務所か」と軽い戦慄《せんりつ》を覚えたが、アキラによれば、このチェックは実際に起きた不祥事から必要と判断されたものらしい。

一方で、アイドルが誰かに何かを渡すことについては運営側も無警戒で、その結果、常盤木りさは怪しいフリーター、つまり佑太に、「何か」を手渡すことに無事成功していた。

ポケットの奥深くから静かにそれを取り出し、机の上に置く。常盤木りさから手渡された「何か」は、手帳の切れ端のようだった。くしゃくしゃになっているその紙を引き延ばすと、薄紅色の用紙の端に、デフォルメされたピンクのうさぎのキャラクターがデザインされているのが分かる。その用紙全体をよく観察すると、中心の方に丸みを帯びた細い文字で、何かが小さく書かれているの見えた。

『@lisa_wagit』

「リサ……ワギト？」

そのままローマ字読みをしてみるが、あまり意味の通る言葉にはならなかった。

アットマークがついているところを見ると、ＳＮＳのアカウント名のようにも見える。すぐに検索エンジンでこの文字列を検索してみたが、常盤木りさに関《かか》わるような情報は見当たらなかった。

ため息をついた後、ふと思い立って非公開型の会話ＳＮＳ「ＬＩＮＥ」のアプリを開き、ＩＤ検索で同じ文字列を入れてみる。「検索」をタップして間もなく、アイコンに一切の写真を設定していない「@lisa_wagit」というアカウントが一つだけ現れた。名前の欄には、「りさ」とだけ書いてある。

おそるおそる緑色の「追加」ボタンを押すと、三十秒もしないうちに「@lisa_wagit がお茶を友達に追加しました」という通知が届いた。

あまりの反応の早さに「追加」を押して本当によかったのかと不安になりかけたところで、すかさず「りさ」からメッセージが届いた。

『友だちに追加してくれて、ありがとうございます◎』

こちらの返事を待たず、おじぎをするピンク色のうさぎの姿が「スタンプ」で送られてくる。佑太はそのうさぎのキャラクターが、常盤木りさから手渡されたメモの裏にも印刷されていたことに気づいた。

半ば信じられない気持ちのまま『本当に、常盤木りささんですか』とメッセージを送信すると、十秒も経たないうちに、「ポンッ」という呑気な音を立てて、ピンクのうさぎが陽気に手を挙げるスタンプが返ってきた。うさぎの上部には、丸い手書き風のフォントで「はーい！」と書いてある。

「はーいって……」

この脱力感あふれるスタンプが回答だとすれば、今、自分がメッセージをやりとりしている相手は、国民的人気アイドル・常盤木りさということになる。だが、目にしているのがデジタル文字とスタンプだけだったこと、返ってきた答えがあまりにゆるすぎることから、どうしてもすぐに信じる気にはならなかった。「アイドルを利用した新手の詐欺」だと断言された方が、今はよっぽど信じやすい。こちらがそんなことを考えているうちに、LINEには新たなメッセージが届いていた。

『ユウタ、さんですよね？』

『そうですけど』

たしかに、自分は青砥佑太だ。ただ、返信しながら、何か違和感を覚える。

『やっぱり』

「りさ」から返ってきたのは、その一言だけだった。

これまでのメッセージを読み返しながら、違和感の正体に思い当たる。最後の握手の時、常盤木りさは自分に、「宇多莉の方ですよね」と尋ねてきた。佑太はとっさに「違う」と嘘をつき、それ以降も、自分の名前を一度も名乗ってはいなかった。

剝がしスタッフは、ファンからの逆恨みなどを避けるために、個人情報が分かるようなものを一切身に付けていない。そのことを考えると、彼女が名札などで佑太の名前を知る機会もないはずだった。

『なんで、俺の名前知ってるんですか』

心中で思ったことをそのままLINEに打ち込む。佑太自身の「ユーザー名」の欄には、昔の知り合いからむやみに友達申請されないよう「ao」としか書いていなかった。この名前からも「ユウタ」という名前は分かりようがない。にわかに鼓動が大きくなるのを感じながら反応を待ち続けると、まもなく、一行だけのシンプルなメッセージが返ってきた。

『それは、会った時に説明させてください』

メッセージには、両手で顔を隠して照れるうさぎのスタンプが添えられていた。

「……詐欺だ」

思わず声が出ていた。こんなうまい話があるわけがない。きっと常盤木りさは、何か悪い大人にそそのかされて、あの紙を自分に渡したんだろう。画面の向こうでは、金無垢《きんむく》のアクセサリーをつけた強面《こわもて》の男がこのメッセージを打っているのかもしれない。そんな想像をしているうちに、返信しないこちらにしびれを切らしたのか、「りさ」が再びメッセージを送ってきた。

『あの紙をお渡ししたのは、ユウタさんにお願いがあったからです』

『お願い？』

さすがにメッセージを無視し続けるのは悪いと思い、ごく簡単にメッセージを返す。それから返信があるまで、少しだけ時間が空いた。

『私を、宇多莉に連れてってください』

送られてきた「お願い」は、想像もしていないものだった。いったい、行ってどうするつもりだろう。テレビの企画かなにかだろうか。そこまで考えたところで、佑太は急に、自分以外誰もいない安アパートの一室を見回しはじめた。

詐欺だとばかり思っていたが、これは「ドッキリ」かもしれない。最近は、一般人の背後にカメラを仕掛けて、有名人が急に現れた場合の反応をモニタリングするなんて厄介な番組もあったはずだ。きっとスタジオの映像には、「人気アイドル・常盤木りさにド田舎に連れてってと言われたら、行く？　行かない？」なんてテロップが出るんだろう。そう思って周囲の怪しげな箇所を確認してみたものの、今のところ、室内にカメラが仕掛けられている気配はなかった。どうやらまだこの部屋は、テレビ局の魔の手にはかかっていないらしい。

気を取り直し、冷静さを取り繕ったメッセージを「りさ」に返信することにした。

『どうして、あんなところに行きたいの』

少し考えてから、故郷への愛憎の混じった言葉をぽつりと打ち込む。

『何にもないよ』

本当に、何もないと思っているわけじゃない。ただ、あの漂着事件以降は、常にそう言うことにしていた。本当に何もなければよかったのかもしれない。もしそうであれば、今こんな気持ちでこの場所にいることもなかったはずだ。暗く沈みかけた佑太の思考を遮るように、「ポン」と間の抜けた音が鳴った。

『お会いしたら、必ずお話します』

あの人気アイドル・常盤木りさが、佑太の故郷に行きたがっている。これが本当だったらどんなにいいだろう。だが、こんなに都合の良いことが現実に起こるわけがなかった。

これまでも、相手の言葉を簡単に信じて、そのたび裏切られてきた。こんな与太話を信じて、また裏切られるなんて馬鹿らしい。そんなことを考えているうちに、返すメッセージは自然と出来上がった。

『悪いけど、他をあたってください。だいたい、あなたが本当に常盤木りさなら、忙しすぎて行く時間ないでしょ』

どうせやりとりしている相手はニセモノで、このメッセージも素人を騙《だま》すような企画の一部なんだろう。きっぱり断ればもう反応もなくなるはずだ。そう思って送ったメッセージには、予想に反して返信があった。

『時間は、なんとかかします』

『……なんとかって、どうするの』

思わず、頭の中に浮かんだ言葉をそのまま打ち込む。

メディアでの活躍を見る限り、常盤木りさにそんな時間はありそうになかった。ホンモノにせよニセモノにせよ、このメッセージの先にいる「りさ」は、これからどうするつもりなんだろう。時刻は二十四時を回っていたが、反応があるまで、このリビングで待ってやろうと思った。

雀《すずめ》の鳴く声で目を覚まし、硬いソファからもぞもぞと立ち上がる。

スマートフォンを確認すると、時刻は七時五十分を回ったところだった。ロック画面には、時刻以外何の通知も届いていない。結局、正体不明のＬＩＮＥユーザー「りさ」は、あの後何の反応も見せず、佑太は無意味にリビングで一夜を明かしていた。

もしかすると、自分が「宇多莉町へ行かない」と意思表示をしたことで、この企画のディレクターがダメ出しをして、佑太は用済みになったのかもしれない。そうだとすれば、自分にはお似合いの結末だと思った。

特に深いことを考えず、テレビの電源を入れて番組をザッピングする。

単発バイトをはじめてから曜日の感覚はかなり曖昧《あいまい》になっていたが、朝の情報番組によれば、今日は月曜日らしかった。今は自身の出演作品を宣伝するために来日したハリウッドスターが、日本が大好きだと言いつつ延々と東京の話だけをするインタビューが流れている。ＶＴＲが終わると画面はスタジオに戻り、話題が今週末に控えた「清火リレー」に切り替わった。

「さぁ、スペシャルランナーも発表され、盛り上がりを見せている清火リレーなんですけれども、水島《みずしま》さん、どうご覧になっていますか？」

画面下に、話を向けられた水島の経歴を紹介するテロップがすぐに現れる。

水島は白髪《しらが》の混じった髪を上品にセットした、スーツの似合う紳士だった。テロップの説明によれば、現在は都内の大学で教鞭《きょうべん》を取っているらしい。

「宇宙船の漂着事件で大変な目に遭われた方々が、前を向けるようなものになるといいですね。『危険区域』に元々住まわれていた方はいまだにご自宅に戻れずにいますから、そうした方々が元気をもらえるような、そんな走りを期待したいです」

水島は、バリトンの声で見たどおりの模範的なコメントを口にしていた。司会者は深く頷くと、彼の隣に目を向ける。

「井村《いむら》さんはいかがですか？」

話を向けられた井村は、ショートカットの黒髪でいやに目立つイアリングをつけた女性だった。テロップには、「作家・コラムニスト」とある。

「あたしよく分かんないんだけど、『宇宙船ゆかりの』とか言ってSF映画に出ただけの俳優さんが走るのって、アリなの？　別にあたし前沢さん嫌いじゃないけど、なんか変だなって思いました」

井村の発言のあと、スタジオに気まずい空気が流れているのが画面ごしにも伝わってきた。テレビ的には都合が悪そうだが、きっと同じことを思っていた人間はこの井村というコラムニストと佑太以外にもいそうだと思う。井村は心臓に毛が生えているらしく、さらに話を続けた。

「あとー、弁力とかカッコいい感じの名前つけてたけど、清火ってフバニウムとかとおんなじ宇宙船関係の技術使ってるんでしょ？　なんかそれも、ちょっと怖いなぁって思っちゃった」

「……井村さんね、お言葉ですが、宇宙船に関わる技術を『怖いもの』のように仰《おっしゃ》るのは少しどうかと」

　見かねたように隣の水島が声をかけたところで、番組MCのタレントに背後から何か紙が渡されているのが見えた。MCは、これまでとは打って変わった真剣な表情を見せると、会話に割って入った。

「お話の途中すみません、緊急ニュースです」

　MCはそう言って、コメンテーターとは別のサイドにいるアナウンサーに目を向ける。アナウンサーは小さく頷くと、手元の原稿を読み始めた。

「今入ってきた速報です。人気アイドルグループ、マリア・シスターズの常盤木りささんが、自身のSNSアカウントで、芸能活動を休止することを発表しました。所属事務所は取材に対して『詳細は会見でお伝えする』とコメントしています」

　自分以外誰もいないリビングで、テレビの音声だけが響く。画面には、急遽《きゅうきょ》用意されたらしい常盤木りさのSNSアカウントのキャプチャー画像と、ライブパフォーマンスを行う彼女の姿が繰り返し映し出されていた。

「……嘘だろ」

あまりのタイミングに、呆然とテレビを眺めながら声を漏らす。その声に呼応《こおう》するように通知音が響き、佑太は反射的にスマートフォンの画面に目を移す。

『時間、つくりました』

届いていたのは、「りさ」からのメッセージだった。

三．緊急脱出

テレビから流れるアナウンサーの声が、言葉の意味を失いＢＧＭのように室内を満たす中、佑太は呆然と二つの液晶画面を見比べていた。

常盤木りさが、アイドル活動を休止する。昨日の握手会の時点では、運営側にも彼女にも、そんな発表を控えている素振りはまったくなかった。番組出演者たちの慌てぶりを見ると、このニュースは業界関係者にとっても青天の霹靂《へきれき》だったらしい。事務所のコメントも内容が不透明で、事態を把握し切れていないように見えた。

「りさ」からのメッセージを読み返しながら、混乱する頭の中をなんとか整理する。詳しいことは何も分からない。ただどうやら、人気アイドル・常盤木りさには、急に時間ができたようだった。

『ユウタさん、助けにきてくれますか？』

動揺が収まらないうちに、「りさ」から新しいメッセージが届く。不穏な文字列に返信を打ちあぐねていると、さらに通知が届いた。

『まいろうの地理、よく分からなくて』

メッセージは、「りさ」が舞楼市にいることを暗に示していた。

「……マリスタって、宿泊先や移動なんかで騒ぎになんないように、イベント終わるとすぐ東京に戻っちゃうんすよ。そこはなんか、ガッカリっすよね」

イベント終了後にアキラからそんな話を聞かされていたことを思い出し、佑太は「りさ」がいまだに舞楼にいることを少し疑問に思う。

『東京に戻ったんじゃないの』

警戒を解かずにそう返信すると、悩むような間が空いた後、メッセージが届いた。

『あの後、みんなで最終の新幹線に乗って東京へ帰る予定だったんですけど……いろいろ考えて、発射前に緊急脱出したんです』

「発射前に、緊急脱出」

メッセージの一部を思わず口に出す。その語り口には、どことなく既視感《きしかん》があった。

常盤木りさの人気に火が付いたのは、テレビのクイズ番組で見せた「天然」ぶりがきっかけだった。番組の中で、漢字を書くのが異様に苦手なこと、それでいて一般的でない単語ばかりを妙によく知っていることを披露した彼女は、丁寧な口調、端麗な容姿とのギャップも相まって、一躍人気者になっていた。

彼女の番組での様子を思い返してみると、新幹線を「発車」でなく「発射」と書いていることも、「常盤木りさっぽい」と言えなくもない。

『脱出して、今どこにいるの』

半信半疑のままそう尋ねると、返答はすぐにあった。

『ベータというネットカフェです。青い看板の』

「……あそこかよ」

「ベータ」は、舞楼駅から五〇〇メートルほど離れた雑居ビルの地下にある、アングラ感漂うネットカフェだった。料金さえ払えばどんな人間も受け入れる雰囲気があるその場所は、人気アイドルが訪れる店としてふさわしくないことは確かだったが、「緊急脱出先」としては、それなりに適しているように思えた。

『とにかくマネージャーさんから見えないところに逃げなきゃと思って、地下のお店に入っちゃったんですけど……私いま、ほとんど何も持ってなくて』

そのメッセージを読み、やっと「りさ」の話が見えてくる。昨日乗るはずだった最終の新幹線から脱出し、逃げるようにネットカフェに入って一夜を明かしたものの、どうやら今は、料金を払えず困っているということらしい。

昨日のイベントで働いた分の給料が入った封筒を見つめながら、考えを巡らせる。

メッセージを送ってきている「りさ」が、本当に常盤木りさである保証はどこにもない。むしろ、相手が本人だった場合の方が事態は深刻だった。活動休止を突然発表したアイドルのもとに、男の自分が一人で迎えに行くなんて行為は、火中の栗《くり》を拾うくらいの危険では済まない。炎上中の栗林に、全裸で突入するようなものだった。その上、行けば必ず出費が増える。器の小さい話で自分が嫌になるが、日雇いアルバイトで食いつなぐ身としては、これは無視できない障害だった。

『宇多莉の方ですよね』

保身的な考えが浮かび続ける頭に、ふいに常盤木りさの声がよみがえる。彼女は、佑太と、佑太の生まれた宇多莉町について、何かを知っているようだった。

胸がざわめくのを感じながら、机に置かれた封筒を摑《つか》む。行けば無事では済まない予感はある。ただ、最悪の目に遭ったとしても、今の生活がダラダラ続くよりはマシに思えた。誰が仕組んだ悪戯《いたずら》なのか、昨日の給料は、交通費とネットカフェの室料を払うのにちょうどいい。佑太は静かに立ち上がると、不思議と落ち着いた気持ちでメッセージを打ち込みはじめた。

『これから行きます。着いたら、また連絡するんで』

『！！！！』

「りさ」からは瞬時に、並べすぎて柵のようになったエクスクラメーションマークと、例の桃色うさぎが「Thank you」と口にする愛らしいスタンプが送られてきた。

『ユウタさん　ほんとにほんとに、ありがとうございます！』

うさぎの目を見ながら、説明できない笑いがこみあげてくる。何もかもおかしかった。

自分はどこかで、こんなおかしな出来事をずっと望んでいた気がする。

常盤木りさが口にした「宇多莉」の響きを思い出しながら、財布と封筒、それにスマートフォンだけを持って、荒《すさ》んだ室内を後にする。その足取りは、あの裏山へ向かった日のように軽かった。


「まんが インターネットカフェβ」と書かれた青の煤《すす》けた看板を見上げながら、悪友に再会したような気持ちになる。

大学時代は、よく講義をサボってこのネットカフェに入り浸っていた。卒業後はほとんど訪れる機会がなくなっていたが、その店構えは最後に足を踏み入れた二年前からほとんど変わった様子はない。

乗ってきた自転車を人目のつかないところに停《と》めた後、入口そばで立ち止まる。

平日の八時を過ぎた舞楼駅周辺は、通勤や通学のために足早に歩く人々がほとんどで、時が止まったようなネットカフェを気に留める人は誰もいない。佑太はスマートフォンを取り出し、短いメッセージを送信した。

『ベータの前、着きました』

メッセージには、一瞬で「既読」マークがついた。

『ありがとうございます。51ってところにいるので、きてもらってもよろしいですか？

受付の人にいえば、だいじょぶだと思います』
　すぐに送られてきた文面を読みながら、少し困惑する。喫茶店の待ち合わせならまだ分かる。ただ、ネットカフェの個室に、後から来た客が合流するなんてことがあるだろうか。「ベータ」はこれまでに何度も利用したことがあったが、「51」という部屋には、今まで一度も案内された覚えがなかった。
『了解です』
　すべての疑問を飲み込んでシンプルにそう返す。ここまで来たら行くしかない。スマートフォンをジーンズのポケットにしまうと、先の見えない薄暗い階段へ足を踏み入れた。

「らっしゃいませー」

　少し間延びした独特の声。地下一階にある受付レジには、前にも見かけた覚えのある、ライトブルーの目をした中年のフーバー星人が立っていた。

　軽く会釈をした後、手持ち無沙汰《ぶさた》にカウンター台を見る。メニューにはやたらと巨大なフォントで「9時間パック今ならおトク1500円！」と書かれている。佑太は小さく息を吸うと、意を決して口を開いた。

「……あの、51に知り合いがいるんですけど」

「あぁ、カップルシートですネー」

青い目の従業員は、頭髪の薄くなった頭部を小さく搔《か》きながら、こともなげにそう答えた。硬直する佑太を後目に、店員は受付テーブルに敷かれた店内図を示し説明を続ける。

「地下二階になりますネー。そのへん寝てる人多いので、静かにお願いしますネー」

「あ、はい」

妙な抑揚のついた説明に、佑太はそう返事をするしかなかった。これくらいのことは日常茶飯事なのか、従業員は詮索《せんさく》する素振りも見せず、慣れた手つきで伝票を差し出した。

「ゆっくりどうぞー」

ぎこちなく礼をして、地下二階の方へと歩き出す。とりあえず、自分が「51」に案内されたことのない理由はよく分かった。

大手ネットカフェで導入されたことに影響を受けて、このベータにも数年前になぜか「カップルシート」ができたことは知っていた。ただ、ここにカップルで来たこともなく、そもそもカップルでネットカフェに行こうと思う人の気持ちも理解できない佑太は、当然そんなシートには用がなかった。そして佑太は今、謎《なぞ》のアカウントに呼び出されて、初めてそのシートに向かっている。

地下二階は、黒い仕切りがタコ部屋のように並んだ、薄暗い空間だった。ところどころから寝息が聞こえるフロアを横切り、部屋の隅に「ここから先、カップルシート」と書かれた案内と引き戸を見つける。動揺はさらに膨らんでいた。カップルシートは、多少の音を立てても許されるよう、壁の向こうに隔離《かくり》されているらしい。

　知らない世界に足を踏み入れることに不安を覚えながら、静かに引き戸を開けた。目の前には「51〜55」と書かれた標識が見え、右奥へ向けて五つのドアが並んでいる。「51」と書かれたドアは、一番手前にあった。

　ドアの小窓に明かりが灯《とも》っているのを見て、生唾《なまつば》を飲みこむ。ドアの番号が間違っていないことを何度も確認してから、右手でドアを二度、小さく叩いた。

「……はい」

　わずかに、か細い声が聞こえた。まもなくドアが薄く開き、その隙間《すきま》から人の姿が垣間《かいま》見《み》える。

　大きな白いマスクと黒縁眼鏡。ボーダー柄のニット帽に、黒のハイネックセーター。髪も皮膚もほとんど表に出ていないため、人相はまったく分からない。そのあまりに怪しい見た目に絶句していると、目の前の人物は、ドアの隙間から小さくこちらを手招きした。

　周りに誰もいないこと、部屋の向こうに一人しかいないことを確認した後、おそるおそる「51」の敷居をまたぐ。自分が部屋に入ると同時に、背後でドアの閉まる音がした。

　室内は、大人一人が横になるのがやっとの広さだった。床には黒の光沢を放つマットが敷かれ、部屋の奥には深茶色の机の上に、やや年季の入ったデスクトップＰＣがつながれている。部屋にはマットと同じ素材の固そうなクッションが二つと、水色の薄い毛布が一枚、無造作に置かれていた。その他には壁にベージュのコートがかけてあるだけで、個人の荷物らしいものは何もない。それでも元々ひどく狭いため、自分を招き入れた相手とは、自然と身体が密着するような形になった。

「……よかった、会えて」

くぐもった高い声。壁際に張り付くように寄り、なんとか身体が触れ合わないようにしていると、相手は眼鏡、マスク、ニット帽を順に外していった。

帽子を脱ぐと同時に、絹のような長い黒髪がこぼれ落ちる。大きな瞳、筋の通った高い鼻、笑みを湛えたふっくらと柔らかそうな唇。目の前に座っているのは、人気絶頂のまま活動休止を発表したアイドル、常盤木りさその人だった。

四．接近遭遇

「驚かせちゃって、すみません」

常盤木りさは、狭い部屋の一角に正座し直した後、丁寧に頭を下げた。

「常盤木りさと申します」

「……いや、それは分かります」

佑太は、やっとの思いでそれだけ答える。

今この国で、常盤木りさの顔と名前を知らない人間はほとんどないはずだった。手を伸ばせば簡単に触れられてしまうところに彼女の身体があることで、全身の体温が、否応《いやおう》なしに上がっていくのが分かる。

「突然呼び出したのに、こんなところまで来てくれて……本当にありがとうございます」

そう言って、常盤木りさはまた深々と礼をする。

テレビに出演している時も、いまどき珍しいくらい礼儀正しい人だと思っていたが、その態度は普段も変わらないらしかった。

「いや、どうせ、ヒマだったんで」

固い口調で、どぎまぎと返事をする。もっと言うべきことはいくらでもあったはずだが、実物の常盤木りさを前にすると、なかなか言葉が出てこなかった。

「あの、変な名前のお部屋に連れ込まれて、びっくりしましたよね」

常盤木りさはおずおずと尋ねてくる。頷くと、彼女は困ったような表情で続けた。

「眠りたいので一番広いところをお願いしますって言ったら、ここに案内されちゃって」

先ほどまでくるまっていたらしい毛布の方を見ながら、彼女は申し訳なさそうに言う。

「なにぶん肉体労働の後だったので、あまり気が回らず」

常盤木りさは、テレビでもその片鱗《へんりん》を見せていた、独特の言葉選びで非礼を詫《わ》びた。

やっと頭が正常に回りはじめた佑太は、昨日がマリア・シスターズの握手会だったこと、その場で謎のメモをもらったこと、そのメモにあったIDの相手とメッセージのやりとりをした後、常盤木りさが突如SNSで活動休止を発表したことを思い出す。

部屋の奥で怪しく光るPCの方に目をやると、ディスプレイには、短文投稿型SNS「ツイッター」のタイムラインが表示されているのが見えた。

「……ここから、投稿したの？」

「あ、はい。その方が、自分のモノからつぶやくよりは、危なくないと思いまして」

話の流れから部屋の奥の方へと二人で移動し、PCのディスプレイを眺める。画面には、ログイン状態にある「常盤木りさ」のアカウントが表示されていた。「通知」と書かれたベルの上には、自分のツイッターでは一度も見たことのない桁《けた》の数字が並んでいる。

「ちょっと、反応が来すぎて怖かったので……こっちの通知は切っちゃいました」

そう言って常盤木りさは手にしていたスマートフォンをそっと持ち上げる。現在進行形で増えていくディスプレイの数字を見ながら、そうしたくなるのも無理はないと思った。

「その、事務所とかに、何か連絡はしたの」

ディスプレイに表示されているアイコン画像と同じ、美麗《びれい》な顔がすぐ隣にあるのを見ながら、だんだんと自分がとんでもないことに巻き込まれているという実感が湧《わ》いてくる。

今まさに世間を揺るがせている芸能ニュースの発信源が、この陰気なネットカフェの一角だとは誰も思わないだろう。ただ、メディアや芸能事務所に情報がほんの少しでも漏れてしまえば、たちまちこの場所も修羅場と化すに違いなかった。

「マネージャーさんとは、昨日の夜、ずっと電話でケンカしてました」

常盤木りさは、優しげな眉を少しだけひそめながらそう話す。何も言えずにその整った横顔を見守っていると、彼女の表情はなぜか徐々に明るくなった。

「でも大丈夫です、勝ったので」

「……勝った？」

「はい。完全勝利です」

常盤木りさは爽《さわ》やかにそう言い放った。

口喧嘩《くちげんか》に完全勝利なんてものがあるかは疑問だったが、彼女がこれだけ清々《すがすが》しく言うのだから、きっとあるんだろうと思う。こちらが何かを尋ねる前に、常盤木りさは勝負の内訳を話しはじめた。

「次のライブには絶対出ることだけお約束して、とりあえず、これから一週間のお仕事は、ぜんぶキャンセルしてもらったんです」

「……それって、大丈夫なもんなの」

「マネージャーさんの声は、大丈夫そうじゃなかったです。でも、こうでもしないと、お休みもらえそうになかったので」

常盤木りさは、なかなか深刻そうな話を、あっけらかんとした口調で話した。

「私、今年は一日もお休みなかったんです。いわゆる、超大型連勤です」

目の前のトップアイドルは「大型連休」と同じ響きで過酷な労働環境を表現した。テレビで常盤木りさを見ない日がほとんどなかったことを思い出し、あれだけ仕事をしていれば、休みがないのも無理はないと思う。

「そんな働いて、平気なの？　……その、身体とか」

「あ、それはだいじょぶです。私、五臓六腑《ごぞうろっぷ》がぜんぶ丈夫なんです。風邪とかも、全然引いたことなくて」

動揺した佑太は母親のようなことばかり尋ねていたが、常盤木りさは嫌な顔一つせず、たまに妙な語彙《ごい》を使って質問に答えてくれていた。

「身体もだいじょぶですし、お仕事も好きなんです。でもこのままじゃ、いつまで経っても宇多莉に行けそうになかったので」

彼女が口にした言葉に胸が騒ぐ。薄々感じてはいたが、やはりそうらしい。常盤木りさが芸能活動を休止したのは、佑太の故郷、宇多莉町に行くためだった。だが、その行動の意味はいまだにまったく分からない。

「どうして、宇多莉に行きたいの」

メッセージでも送った質問を、改めて目の前の常盤木りさに尋ねる。これまでよどみなく話していた彼女が、今は答えをためらっていた。

「ユウタさんには、必ず話します。でも、今はちょっと」

彼女は黒目がちな瞳を逸らし、言いよどむ。その視線は何かを探しているようだった。

「どうして、俺の名前……」

佑太がさらに尋ねかけると、その質問をさえぎるように彼女が急に立ち上がった。

「そのお話も、場所を変えて」

切迫した口調に思わず身構えると、彼女は背後から黒の伝票をおずおずと取り出す。

「九時間パック、終わっちゃうので」

常盤木りさは、アンバランスな少女だった。常識がないように見えて妙なところがしっかりしていたり、やけに難しい単語を知っていながらごく簡単な話し言葉が分からなかったり、とにかく美点と欠点との差が激しかった。この二点間の距離を、世間は魅力と呼ぶのかもしれない。そんな思索をしながら、佑太は自宅のカーテンをしっかりと閉じ、背後にいるはずの相手に声をかけた。

「もう大丈夫だよ」

振り返ると、異様な光景が佑太を出迎えた。普段、自分が座ってテレビを見ているあたりに、ニット帽とマスクを身に付けた長身の人物がぼうっと立っている。手には銀紙で包まれた、タブレット薬が握られていた。

「……これ、どうしましょう」

その口調があまりにも深刻なので、佑太は彼女が握っている薬の正体を忘れかける。

万が一にも正体を気づかれないよう、常盤木りさを例の泥棒じみた変装《へんそう》に戻した上でタクシーに乗り込んだ佑太たちは、詮索好きな運転手からの追及を、「花粉症がひどい」の一本槍《いっぽんやり》でやり過ごしていた。

彼女の声色で気づかれてしまわないために、「声も出ないくらい症状がひどい」と説明した結果、同情した運転手が、彼の常用している市販の花粉症薬をその場で恵んでくれたのだった。

「そのへんに置いといていいよ」

「でも、飲まないと悪い気がして……やっぱり、いただきものなので」

リビングテーブルの方を指して言うと、常盤木りさは難色を示した。

「花粉症じゃないんでしょ」

「それはもちろん、そうですけど」

「健康な人が飲んだら、逆に身体によくないよ」

「それもきっと、そうなんですけど」

このスーパーアイドルは、生まれてこの方病気らしい病気にかかったことがないらしく、そんな人物にとって薬は逆に毒になるはずだった。同意を口にしつつ、彼女の表情はどこか冴えない。

「あのタクシーの方を騙してしまったと思うと、申し訳なくて」

「んな大げさな」

佑太は笑い飛ばそうとしたが、彼女の表情が思いのほか悲しげなことに気づき、言葉に詰まる。

「……きっと疲れてんだよ。そのへん、寝て大丈夫だから」

どこか所在なげに立ち続けるりさに、自分の中で精一杯明るい声をかけ、ほとんど使っていないソファベッドの方を示す。誰かが泊まりに来た時に便利だと言われて購入したものの、今の今までそんな機会は訪れていなかった。

「いいんですか？」

りさの声に少し元気が戻ったことに安心しながら、無言で頷く。

「では、お言葉に甘えて」

彼女は身に付けていたニット帽とマスクを外すと、自分のお腹《なか》のところでそれを抱え、ソファで横になった。

「……男の人の部屋って、こんなふうになってるんですね」

眼《め》だけで周囲を見渡しながら、りさが興味深そうにつぶやく。

「別に、みんなこうではないと思うけど」

「でも、うちと比べたら、文化的です」

「文化的？」

彼女の使う単語にひっかかっていると、りさは静かに語り始めた。

「私の部屋、家具とかほとんどないんです。おうちは、寝るために帰るだけなので。だから、ユウタさんのお部屋は、すごくいいです。人が暮らしてる感じがして」

りさは雑多に漫画や小説が置かれた室内を見ながら、心地良さそうに言う。

「きっとこういうところを、愛の巣っていうんですよね」

「……愛は住んでないと思うよ」

また妙なことを言い始めた彼女を、やんわりと窘《たしな》める。単に単語を誤解しているのか、意味を分かって言ってるのかが分からないところが、常盤木りさとの会話の難しいところだった。

彼女が一応納得したような顔をしたのを後日に、念のため玄関の鍵《かぎ》がかかっていることをもう一度確認する。昨日までは泥棒が入ろうが一向にかまわないという態度で日々を過ごしていたが、今は事情が違っていた。

「ユウタさん」

リビングに戻るとすぐに、常盤木りさが自分の名前を呼ぶのが聞こえた。その声の方へ振り返ると、ソファベッドから身を起こした彼女が、濡《ぬ》れた瞳でじっと自分を見つめているのに気づく。佑太が目を合わせると、彼女は静かな声で尋ねてきた。

「私と一緒に、宇多莉へ行ってくれますか」

面と向かって、そう尋ねられるのは初めてだった。昨日から今日にかけて、何度も聞きそびれたことを思い出しながら、どう答えるべきか迷う。

あの「宇宙船が落ちた町」に、突然活動休止を発表したアイドルと二人だけで向かう。トラブルになる要素はいくらでもあった。その上、彼女は宇多莉に行きたがっているが、その理由はまだ分からない。

面倒な予感はひしひしと感じていた。ただ、自分はもう、充分すぎるほど面倒なことに巻き込まれている。

「……他に、連れていけるやついないでしょ」

ぽつりとそうつぶやくと、りさの顔がぱっと輝いた。

「よかった」

黒目がちな瞳に、優しい光が灯る。見つめているだけで吸い込まれてしまいそうな、不思議な引力を持った瞳。

「ほんとに、よかった」

りさは自分に言い聞かせるように繰り返すと、佑太を見つめたまま、白い歯をこぼす。カーテンの閉め切られた室内は薄暗かったが、彼女の表情は鮮明に佑太の目に映った。その笑顔の魅力にあてられ、少しのあいだ視線を外す。

「あのさ、名前のことなんだけど」

間を置いてから、今朝からずっと気になっていたことを尋ねてみる。だが、返ってきたのは静かな吐息だけだった。

「……寝てる」

呆《あき》れたようにそうつぶやいた後、傍にあった上着をそっと彼女の身体にかける。ふわりとソファに広がった、艶やかな髪。常盤木りさの眠る姿は、絵画のように美しかった。

五．難民

適度な喧騒《けんそう》に満ちたカフェの店内。

佑太は、常盤木りさを迎えに行く途中で置き去りにした自転車を持ち帰ろうと、再び舞楼市中心部に来ていた。すでに自転車の回収は完了したものの、佑太にはもう一つ、街に出てきた理由があった。

スマートフォンのカバーを開き、まだ誰《だれ》からもメッセージがないことを確認する。平日の昼間に突然呼び出した以上、相手が多少遅刻することは一向にかまわないと思っていた。カバーを閉じ、動作の合間を埋めるようにブレンドコーヒーを飲んでいると、隣の二人掛けの席から会話が聞こえてきた。

「常盤木りさ、活動休止だってよ」

「知ってるわ。ドルオタ仲間から死ぬほどそのＬＩＮＥ来たわ」

大学生らしき二人組の男が話をしている。男たちの声にはどこかで聞き覚えがあったが、気にしないふりをして聞き耳を立てる。この二人組が座る前にも、カップルがしばらく同じ話題をしていたところを見ると、今は舞楼市内も「常盤木りさ活動休止」の話題で持ち切りのようだった。

「男関係かな」

「そんなことは断じてねえわ。他の誰にあっても、りさりさだけは絶対にない」

そう断言する男の口調は、敬虔《けいけん》な宗教信者のものに近かった。いつものことなのか、相手はさして驚くこともなく話し続ける。

「まぁ、りさりさはマジで潔白だよな。マキティとかは、芸人と合コンしてそうだけど」

「……ノーコメントだ」

マリア・シスターズのファンらしき男の方は、メンバーの純潔さを信じているらしかった。もう片方の男は、スマートフォンを見ながらさらに続けた。

「なんかさ、ツイッターで見たんだけど、りさりさ、活動休止だけじゃなくて、いま失踪《しっそう》してるらしいよ」

「どうせデマだろ」

「いや、これは結構マジで。あの投稿以降、一回もりさりさ表に出てきてないだろ？　事務所も、どこにいるのか分かってないんだって」

会話がだんだんと自分に無関係ではなくなっていることに気づき、ひやひやしながら耳をそばだてる。ネットにはあらゆる立場の人々から情報が集まってくる。常盤木りさの「緊急脱出」が、誰かに見られていないとも限らなかった。

「んな馬鹿な。マネージャーは何やってんだよ」

「まいたんだろ。りさりさ、足速そうじゃん」

「りさりさは走ったりしない」

「なんの幻想なんだよ、それ」

相手の男が吹き出したところで、佑太の目の前に立つ影があった。丸眼鏡の奥には、爛々《らんらん》と好奇心に満ちた大きな眼《め》が見える。右手にアイスコーヒーとストローを持って現れたのは、宇多莉小学校時代からの同級生、円谷瑛介だった。

「ごめん、待った？」

「いや、ちょうど今来たとこ」

お決まりの台詞《せりふ》を口にしながら、瑛介に座るよう促す。

「悪いな、急に呼び出して」

二年前からお互いの生活がずいぶん変わったため、こうして会うのは久しぶりだった。

「かえってありがたかったよ。研究室にばかり籠《こ》もっていると、気が滅入《めい》るから」

瑛介は朗らかに笑いながら答える。小学校から大学まで同じ学校に通ったこともあり、瑛介と佑太は、少ない会話で打ち解けた雰囲気を取り戻していた。

あの宇宙船の漂着後、宇多莉町から一時的に避難するよう指示された二人の家族は、当時多くの宇多莉町民がそうしたように、周辺で最も大きな自治体であるときわ市へと移住した。その後、佑太と瑛介はときわ市にある同じ公立高校へ入学し、お互いが示し合わせることもなく、舞楼市にある同じ国立大学へと進んでいた。

大学卒業後、佑太は漂流するように日雇い仕事を続けていたが、瑛介は明確な目的意識を持った上で大学院への進学を決め、今も研究に打ち込んでいた。

「でも珍しいね、佑太の方から連絡してくるなんて」

瑛介は嫌味のない、率直な口調でそう話す。

瑛介が今も舞楼に住んでいることは知っていたが、なんとなくこちらから連絡するのは憚《はばか》られて、卒業後はやや疎遠《そえん》になっていた。学生時代は瑛介の方から連絡をくれることがほとんどだったため、こうして会うのはたしかに珍しい。

「まぁ、ちょっとした心境の変化があって」

「へぇ。どうかしたの？」

「……どうかはした。むしろ、どうかしてる話なんだ、全部」

常盤木りさが自宅のソファですやすやと寝ている姿を思い出しながら、ほとんどひとりごとのように言う。今まさに「りさりさ」の話をしている隣の客を横目で確認し、佑太は慎重に話しはじめた。

「ここで詳しくは言えない。でも、こんなこと相談できるの、瑛介しかいないと思って」

「なんだか、穏やかじゃないね」

瑛介は可笑《おか》しそうに言って、眼鏡の奥で理知的な目を細めた。

「宇多莉の宇宙船について、聞きたくてさ」

佑太はその眼を真面目《まじめ》な表情で見つめ返すと、静かに切り出す。「宇宙船」という単語を聞き、瑛介は大きな瞳に意外そうな色を浮かべた。

「佑太の方から、その話題が出るとは思わなかったな」

「たぶん、時期が来たってことなんだ」

その言葉は自然と口をついて出ていた。この二日で佑太に起きた出来事は訳の分からないものばかりだったが、不思議とその一言ですべてが説明できてしまうような気がした。

瑛介は一瞬きょとんとした顔をしたが、何かを悟ったように小さく頷いた。

「それで、佑太は何を知りたいの」

「あの宇宙船と、落ちた場所の今の状況について知りたい。できるだけ詳しく」

「……それはまた、ずいぶん難しい質問だね。僕らにとっては特に」

あの宇宙船が落ちてきたことで、宇多莉町の住民は少なからず人生が変わっていた。宇宙船に対して、何とも思ってない住民なんていない。ただ、それぞれが抱いている感情は複雑で、とても一言では言い表せないというのが実際のところだった。

「感情の話は置いといて、科学のことだけ教えてくれ」

そう念を押すと、瑛介はすぐに意味を理解したようだった。

佑太は、漂着事件を機に一変した町の様子と大人の態度に疲れ、可能な限り例の宇宙船の話題には触れないことにしていた。対して目の前の瑛介は、例の宇宙船がきっかけで物理学に興味を持ち、今もその道で研究を続けている。よけいな軋轢《あつれき》を避けるために、二人で集まった時は「宇宙船」の話をしないのがこれまでの暗黙のルールだった。

「あの宇宙船が、どうしてこの地球に現れたのかは知ってる？」

「……昔調べようと思ったけど、訳分かんなくなってやめた」

「まぁ、お互い中学生だったもんね」

正直に伝えると、瑛介は真面目な顔で頷いた後、机にあった紙ナプキンを手に取った。

「用語は一見複雑だけど、起きたことはシンプルなんだよ」

瑛介は畳まれていた紙ナプキンを開いた後、ジャケットからボールペンを取り出し、右端の方に小さな円を描《か》いた。その下に達筆な文字で「フーバー星」と付け加える。

「フーバー星は太陽系外の惑星で、日照時間がわずかに少ないことを除いては、地球に驚くほど環境のよく似た星である……みたいな話は、授業で聞いたことあるでしょ？」

「あぁ、志田《しだ》ックスがそんなこと言ってたな」

高校時代の物理教師、志田の名前を挙げると瑛介は懐かしそうに目を細めた。

ドがつく文系の佑太には志田の話はほとんど呪文《じゅもん》のようで、授業中の態度は極めて不真面目だったが、テストに関係のない知識はよく覚えていた。

「そうそう、じゃあ、フーバー星から地球までの距離も覚えてる？」

「……うちの実家からサンクスくらい」

「まぁ、嫌になるぐらい遠いって言いたいんだろうけど、さすがにもっと遠いね」

のんびりとそう言うと、瑛介は「フーバー星」を描いたちょうど裏側あたりに新たな円を描き、「地球」と書き添えた。その円からぐーっと右に直線を伸ばし、紙の右端に辿《たど》り着いた後は、紙ナプキンを裏返し、さらに線を引き続ける。「フーバー星」の小さな円に辿り着いたところで、瑛介はやっとペンを進めるのをやめた。

「フーバー星は、地球からオリオン座の方向に九〇〇光年離れた位置にある惑星だね。九〇〇光年ってことは……地球からフーバー星に行くには、光の速さで進んでも九〇〇年かかるってこと」

「要は、めちゃくちゃ遠いんだな」

佑太が雑にまとめると、瑛介は穏やかに頷いた。

「そういうこと。望遠技術にも限界があって、地球からこれほど遠い位置にある惑星については、NASAもほとんど調査を行えていなかった。結果として、僕ら地球人はこの星が存在すること自体、まったく知らない状態にあったんだ。あの日まではね」

瑛介の言う「あの日」がいつかは、説明されずともよく分かっていた。紙ナプキンに描かれた「フーバー星」の小さな円を見ながら、疑問に思っていたことを尋ねる。

「でも、そんな遠い星のやつらが、どうやってここまで来たんだ」

「うん。そこがなかなか、面白いところなんだよね」

瑛介はそう言うと、紙ナプキンを片手で持ち上げ、表側と裏側にある「フーバー星」と「地球」の円を順に指し示した。

「ここからここまで、最短で向かうにはどうすればいいと思う？」

瑛介がひらひらと裏返す紙ナプキンを見ながら、佑太は思考を巡らせる。

瑛介が描いたルートは、表側の右端にある「フーバー星」と、裏側の左端にある「地球」を遠回りにつないでいる。逆側のルートを通れば距離は短くはなるが、それでも最短とは言えない気がした。瑛介が思わせぶりな表情でペンに目を落とすのを見て、あるアイディアが閃《ひらめ》く。佑太はペンを持ち上げると、「地球」の円の脇《わき》を突《つ》いた。

「穴開けて、中を通せばいい」

「地球」の円は、「フーバー星」の円のほとんど真裏にある。紙ナプキン自体に穴を開けてしまえば、距離はかぎりなくゼロに近づくはずだった。瑛介はその回答を聞くと、眼を輝かせた。

「うん、正解。RPGで鍛えた謎《なぞ》解《と》き脳は健在だね」

瑛介は嬉《うれ》しそうにそう言った後、佑太からシャープペンを受け取り、「地球」の円の脇に大胆に穴を開けた。紙ナプキンを裏返すと、「フーバー星」のすぐ脇に、小さな穴が空いているのが見えた。

「素直に目指したら、光の速さでも九〇〇〇年だからね。たどり着くまでに乗組員の寿命が尽きてしまう。でももし、宇宙空間にこんな虫食い穴があったとしたら……短期間で辿り着くのも、不可能じゃない」

瑛介は紙ナプキンを置くと、穴のそばに「虫食い穴《ワームホール》」と書き加えた。

「ワームホールっていうのは、大雑把に言えば、宇宙のある一点から別の離れた一点に直結する、トンネルみたいな抜け道のことね。理論上は存在すると言われていたんだけど、誰もその実物を発見したことはなかった。ただ、彼らが通ってきたことで、その存在が証明された」

瑛介の説明を聞きながら、佑太の脳裏には、十年前に目撃した青い稲妻に身を包む飛翔《ひしょう》体《たい》の姿がよみがえっていた。

辿り着くはずのなかった宇宙船が、宇宙の抜け道を通ってこの星に現れた。耳を疑うような話だが、実物を見ている以上、信じないわけにもいかない。ただ、瑛介の解説通りの事実があるのなら、また別の問題も生じる気がした。

「……でも、そんな穴があるんだったら、もっと昔から、たくさん地球に宇宙人が来ててもおかしくないんじゃないのか？　むしろ、これからもっと来るんじゃ」

「あぁ、それはないと思うよ。十年前の漂着は、特殊な事情がいくつも重なってたから」

瑛介は、佑太の懸念をあっさり否定した。それから少し思案した後、穏やかな口調で理由を話しはじめる。

「僕らは宇宙人について考える時、どうしても地球人側の理屈で考えちゃうから、『観光に来てくれるはずだ』とか『侵略に来るんじゃないか』とか好き勝手言っちゃうんだけど、もっと宇宙人側の視点でものを考えなきゃだめなんだよね」

瑛介はそう言うと、「フーバー星」が書かれた紙ナプキンを裏返し、「地球」を指す。

「宇宙人側からしたらさ、地球って、遠いわりになんにも面白いものないんだよ」

瑛介は、僻地《へきち》にある寂れたテーマパークのような表現で、自分が住む星を評した。生まれてこの方地球に暮らしてきた佑太は、その厳しい評価に思いのほか傷つく。

「ないのか、面白いもの」

「うん、ないね」

瑛介は無邪気な笑顔のまま、地球人には残酷な事実を告げた。

「言語を操れるような地球外生命体がいるとすれば太陽系外だからさ、そこから地球まで自力で来れるほどの文明があるなら、地球にわざわざ来る理由なんて、ほとんどないはずなんだよね。地球にあるような技術や資源は、すでにあるか、自前で作れるはずだから」

「でも、豊かな自然なんかを求めて、侵略に来たりはしないのか」

佑太はなんとなく諦《あきら》め切れない気持ちでそう尋ねる。宇宙人に地球を侵略されるのは困るが、「侵略する価値がない」という理由で攻撃を免れるのは、それはそれで癪《しゃく》だった。

「侵略の可能性はないこともないけど、ワームホールの通過には相当な危険があるんだよ。そこまでのリスクを冒して向かうほどの魅力は、やっぱり地球にはないんだよね」

「ないのか、魅力」

「うん、ないね」

瑛介は繰り返し、無慈悲《むじひ》な評価を告げた。地球外生命体は太陽系外にまだいるのかもしれないが、地球には、魅力がないので来ないらしい。思いのほか夢のない解説に落胆しつつ、ふと、その説明では解決できない疑問に気づく。

「じゃあ……なんであいつらは来たんだ」

瑛介はその質問が来るのを予期していたようで、静かに頷くと、紙ナプキン上の「フーバー星」にペンを置き、じわじわと黒く塗りつぶした。

「フーバー星全土で戦争が激化して、故郷を捨てざるを得ないほど被害が拡大したから。つまりね、宇多莉に漂着した九百二人のフーバー星人は、戦争難民なんだよ」

「……ボートピープルみたいなもんか」

「たしかにそうだね。ただ、彼らが乗ったのは漁船やヨットじゃなくて、宇宙船だった」

あれから十年経《た》ち、今さら誰にも聞けないと思っていた事柄を、瑛介はこちらの無知を笑うこともなく丁寧に解説してくれていた。そのおかげで、漂着以降ひたすらに宇宙船の話題を避けていた佑太にも、やっと現状が飲み込めてくる。瑛介は、こちらが納得したのを確認してから、フーバー星人の特殊な事情について補足した。

「自分の星に戻れない切羽詰まった状況だったから、彼らの一団はとにかく安全に暮らせる場所を目指して、リスクを負ってワームホールを通過してきたんだよ。実際、通過のタイミングで大規模なアクシデントが生じて、地球まで辿り着けなかった宇宙船も、他にたくさんあったらしい」

瑛介は地球に到達できなかった他のフーバー星人へ思いを馳《は》せるようにわずかに沈黙した後、再び口を開く。

「ワームホールを抜けたあの宇宙船は、エンジンに異常が生じていたものの、予備の推進装置をフル稼働させてなんとかここまで辿り着いた。だからね、彼らは宇多莉を目指してたわけじゃないんだよ。宇多莉に落ちたのは、まったくの偶然だった」

ジリジリと異様な音を立てて落下してきた宇宙船とともに、その後に起きたことが断片的に想起《そうき》される。鏡沼に浮く卵のような謎の乗り物。瘦《や》せた少年のライトブルーの瞳。沈み始める乗り物と、地面に投げ出された冷え切った身体《からだ》。

「私と一緒に、宇多莉へ行ってくれますか」

潜水するように思考を続ける中で、常盤木りさの透き通った声が聞こえた。

彼女は、大きな犠牲を払ってでも宇多莉を目指そうとしていた。どうしてそうしたいのかは分からない。ただ、彼女を宇多莉に届けると約束した以上、佑太は、これまで触れることを避けてきた故郷の現状について、さらに詳しく知る必要があった。

「結局、あの宇宙船の周りは……宇多莉は行っても、安全なのか？」

佑太は小さく息を吸うと、これまでずっと表に出せずにいた疑問を口にした。

宇宙船の漂着直後、政府は混乱の中で、漂着地点から二十キロ圏内を「危険区域」に指定した。住んでいた人々は移住を余儀なくされ、状況が落ち着いた今も、漂着地点から五キロ圏内の区域は一般人の立ち入りが禁止されている。佑太や瑛介の生まれた家は、今も「危険区域」の中にあった。

瑛介は佑太をじっと見つめた後、慎重に言葉を選びながら答えた。

「場所によるよ。そうとしか言いようがないんだ」

瑛介の回答は玉虫色だったが、その険しい表情からは、こちらの疑問にできるだけ誠実に答えようとしていることが感じられた。ただ、その答えだけではどうしても納得できず、佑太はさらに質問を加える。

「絶対安全ってわけじゃないのか」

「絶対安全だとか絶対危険なんてことを言うのは、科学の分からない人か詐欺師だよ」

いつも穏やかな瑛介が珍しく厳しい表現を使うのを聞き、佑太は思わずその眼を見る。

「ごめん、言い方きつかったね」

瑛介は顔の前で小さく手を振ると、元の落ち着いた口調で話しはじめた。

「場所によってはたしかに危険なところがあるはずなんだ。漂着地点の周辺には、燃焼前のフバニウムが拡散されているんだけど……その濃度に差があるんだよ。本当に濃度の高い場所に近づけば、おそらく無事では済まない」

瑛介の口調は話しているうちに重々しいものに変わっていった。瑛介は何も言わない佑太を少し心配そうに見た後、解説を続ける。

「フバニウムが地球の地上にばら撒《ま》かれたのは、もちろん今回が初めてだろ？　あの燃料を構成している物質自体、この星ではいまだに発見されていないものだったから、彼らの星の名前を取って『フバニウム』と名付けられたわけでさ。そういう物質が相手だから、必ずこうなるなんてことは、どうしても言えないんだ」

そこまで説明した後、瑛介は声のトーンを上げる。

「ただ、フバニウムは魔法や呪《のろ》いじゃなくて、物質だからね。その濃度が低いところは、今僕らがいる舞楼市とほとんど変わらない環境の可能性もある。宇多莉町だからとか、宇宙船の半径二十キロ付近だからとかそんな非科学的なくくりじゃなくて、どこにどれだけの量のフバニウムが散っているかを、丁寧に見ていく必要があるんだよ」

宇宙船周辺がすべて危険なわけでも、宇多莉町がすべて安全なわけでもない。危険かどうかは、フバニウムの量で決まる。初めは不親切に聞こえた瑛介の説明だが、最後まで聞いてみると、断言調の説明よりよほど親切な解説らしいと気づく。

「じゃあ……その濃度さえ分かれば、宇宙船のそばにも行けるかもしれないってことか」

佑太がそうつぶやくと、瑛介の眼が一瞬、鋭く光った。

「行く気なの？」

「いや、例えばの話だよ」

佑太がすぐに取り繕うと、瑛介は探るようにこちらを見た後、右の頬《ほお》に手を当てた。

「不可能ではないだろうね」

瑛介はしばらく思案した後、どこまで言うべきか悩むような顔で、訥々《とつとつ》と話し始めた。

「うちの研究室の測定器であれば、かなり正確に濃度が調べられるけど……持ち出したら僕が退学になっちゃうんだよね。まぁ、市販でも近い性能のものはあるんだけど」

「市販って、そんなもんどこで買えるんだ」

「アマゾンで普通に売ってるよ」

予想外の回答に、佑太はしばし面食らう。

「アマゾンって……南米まで行かなくても、見れる方のやつか」

「うん、ほら」

瑛介はこともなげに言うと、自身のスマートフォンを円滑に操作し、黒と橙色を基調にした例のＷＥＢサイトを見せてくる。画面には「家庭用フバニウム濃度測定器 コンカウンターF」という商品名と、ライトブルーの体温計のような商品写真が表示されていた。まじまじと画面を見続ける佑太に、瑛介が補足する。

「例の漂着の後にさ、ネットでデマが山ほど拡散されて、宇多莉町そのものが『近づいたら死ぬ場所』みたいな扱いになっただろ？　その頃に、パニックを少しでも抑えようとして、物理学会と民間企業の協力でフバニウムの濃度を測れる簡易キットが作られたんだよ。まぁ、ほとんど売れなかったみたいだけど」

瑛介の説明で、恐怖と正義感に駆られた人々が、真偽不明の怪情報を拡散していた当時のネットの様子を思い出す。あれほど多くのユーザーが宇多莉と宇宙船について話していたのに、この商品が話題にならなかったのは不思議だった。

「……なんで売れなかったんだろうな」

「まぁ、ちょっと高かったってのはあるよね。一番安いので三万円だから」

瑛介は自分のスマートフォンを受け取った後、値段の部分を軽く指で示す。それから遠い目をすると、これまでより低い声で言った。

「三万円で手に入る科学的に正しい情報は、無料で手に入る感情的にほどよいデマに敵《かな》わなかったんだね。この国で科学を信じてる人って、あんまり多くないから」

瑛介の口調は何気なかったが、言葉にはどことなく寂寥感《せきりょうかん》が滲《にじ》んでいた。佑太が何も言えずにその表情を見つめていると、瑛介の眼の奥に、再び光が灯るのが見えた。

「でも、僕は科学を信じてる」

「……続けるんだな、宇宙船の研究」

「当然。構造物の解析が進めば、元に戻す方法も分かるはずだからね」

瑛介は話しながら、ここからずっと遠い場所へと視線を送っていた。

「今の宇多莉を帰れない場所にしたのが科学なら、いつか僕らが帰れる場所に戻すのも、科学なんだよ」

佑太は、瑛介の言葉を噛《か》みしめるようにゆっくりと頷く。旧友が語る決意を聞いて、心の奥底に押し込んでいた故郷への感情が、静かによみがえっていくのを感じていた。

穏やかな沈黙を、ふいにスマートフォンの振動音が破る。瑛介は机の上で震えている自身の端末を摑《つか》むと、ホーム画面で時刻を確認した。

「あ、もうこんな時間か」

どうやら、几帳面《きちょうめん》な瑛介は講義に間に合うようタイマーを設定していたらしかった。

ここにいられるのは、次の講義が始まる十四時半までという約束だった。今はもう十四時十五分を回っている。佑太は逡巡《しゅんじゅん》した後、最後の質問をすることにした。

「さっきのあれ、アマゾン以外では売ってないのか？」

「あぁ、宇多莉のコメリには売ってるみたいだよ」

「……コメリに売ってんのか」

宇宙船に関《かか》わる話をしているにもかかわらず、出てきた固有名詞は身近だった。

コメリは、地元で圧倒的なシェアを誇る「農家のコンビニ」の異名を持つホームセンターの名前で、高齢者には特に根強い人気があった。

「うん。地元の農家の人から置いてくれって要望が多かったから、今も取り寄せて常備してるんだって。うちの教授、今もよくフィールドワークで宇多莉に行くんだけど、当たり前に売ってて驚いたって言ってたよ」

瑛介の説明を聞きながら、佑太の祖父である佑蔵《ゆうぞう》が、いまだにコメリへ通っていると話していたことを思い出す。宇宙船の漂着は、近所のホームセンターの品揃《しなぞろ》えすら変えてしまったらしかった。

「そうか」

現地で測定器具を調達できるのであれば、それに越したことはないだろう。講義の時間が近づいた瑛介は、目の前のコーヒーを飲み干すと、荷物をまとめて立ち上がっていた。

「じゃあ、慌ただしくて悪いけど、大学戻るよ」

「あぁ。忙しいのに、ありがとな」

「全然平気。あ、そうだ。いつでもＬＩＮＥしてくれていいから」

そう言い残すと、こちらが引き留める間もなく、瑛介は颯爽《さっそう》とカフェから去っていった。

会話の内容を反芻《はんすう》しながら、店を出ようと帰り支度を始めていると、スマートフォンに二通のメッセージが立て続けに届く。先に届いたメッセージには、通販サイト「アマゾン」のＵＲＬが貼《は》られていた。

『これ、さっき紹介した測定器。宇多莉のあたりは道が悪いから、運転気を付けてな』

「E.Tsuburaya」から届いたそのメッセージを読みながら、思わず苦笑する。この男には今も、佑太の行動はお見通しらしかった。

六．理由

カフェからの帰路、舞楼中央商店街のアーケードを通りかかると、ふいにキンと耳ざわりな機械音が響いた。

音の方へ目をやると、拡声器を持った男性が渋い顔をして横断歩道脇の空地に立っているのが見える。隣には手製らしい旗棒に日本国旗を掲げた男が立っていて、その足元には、なぜか小ぶりな地球儀が置かれていた。

ハウリング音に動揺していたらしい男は、気を取り直した様子で再び拡声器を掲げた。

「宇宙人ばかり優遇されて、普通の日本人が軽視されてる。こんな状況は異常です！」

拡声器ごしに、ざらざらとした声が響く。がなるような男の話し方は相手を威嚇するようで、不快ではあったが、無視できない存在感があった。道行く人々も似たような思いを抱いているらしく、ちらりと目をやっては、無言で通り過ぎていく。

街頭の二人組は、どちらも暗い色の服を着ていた。贅肉《ぜいにく》のついた身体や薄い頭髪から、年齢は佑太より一回りは上に見えたが、顔だけが妙につるつるとしていて、どこか浮世離れした印象を受けた。普段であればまず関わり合いになりたくない雰囲気の人々だったが、今は妙に彼らの存在が気になって、佑太は自転車を寄せて立ち止まっていた。

「みなさん、あの落っこちてきた宇宙船に乗ってた奴《やつ》らは、国から保護費とかいう金をたんまりもらってるんですよ。それで働く必要がないから、昼間からパチンコやら外食やらで贅沢三昧《ぜいたくざんまい》なんです。納税者である我々はね、もっと怒らなくちゃダメなんですよ！」

拡声器を持った小太りの男は、語気を強めて通行人を煽《あお》っていたが、今のところ佑太以外に立ち止まる人物はいなかった。隣にいる旗を持った痩せぎすの男だけが、男の話に熱心に頷いている。

「明らかに自分でそんな金を稼げると思えない、働いているとも思えない宇宙人が、昼間から外車を乗り回したり、ゲームセンターでUFOキャッチャーをしたり、この地球で好き放題に遊んでるわけです。彼らと違い、元からここに住んでいた同じ地球人として、こんな不公平許しちゃいけないと思いませんか、みなさん！」

そう言って、小太りの男は足元の地球儀を何度も指し示す。ひと昔前であれば、「同じ地球人」という言葉は平和主義者の決め台詞だったはずだったが、今は同じ言葉が「宇宙人」を排除する理屈に使われているようだった。

道行く人のほとんどは、関わり合いになりたくないという顔でその場を足早に去っていたが、中には振り返って声の主を確かめる人の姿もあった。

過激な主張をする彼らの傍らにいることに居心地の悪さを感じはじめていると、遠くから、紺色の制服を着た目つきの険しい二人組が近づいてくるのが見えた。旗持ちの男がそれに気づき、すぐに耳打ちすると、拡声器の男は苦虫を噛み潰《つぶ》したような顔で頷いた。

「場所の時間が来ましたから今日のところは終わりにしますが、我々は日本の、地球人の真の自立のために日々活動しています。ユーチューブチャンネルもありますので、気になる方は『宇宙人特権を許さない、地球市民を守る会』で、検索をお願いします！」

拡声器の男がそう締めくくった後、旗持ちの男の拍手だけがパラパラとあたりに響く。

佑太がその場を去ろうと自転車にまたがりかけると、拡声器を持っていた男が、短い脚を細かく動かし、予想外のスピードでこちらに近づいてきた。

「君、聞いてくれてたよね？　僕らの活動に興味があるのかな？」

「いや、興味というか……」

捕まった佑太は、周囲の目を気にしながら回答を濁す。気づくともう一人の男の方も、旗をチラシに持ち替え、作り笑顔で佑太の前に立ちはだかっていた。

「自分が知ってるフーバー星人の方は、普通に働いているみたいなんですけど……保護費がどうって話は、本当なんですか」

何も答えないでこの場を去るのはかえって面倒そうだと思い、演説を聞いていて疑問に思ったことを尋ねてみる。「インターネットカフェβ」の受付をはじめ、フーバー星人が就業している様子はこれまでに何度も見ていた。『宇宙人特権を許さない、地球市民を守る会』の二人組は、佑太の質問に嫌な顔をせず、むしろ目を輝かせた。

「あ、ご存じない？　宇宙人保護費の話はね、国会でもちゃんと取り上げられたことがあるんですよ、これ証拠ね」

　そう言って、拡声器の男は隣からチラシを受け取り、裏のある一点を指す。そこには、国会中継の一シーンらしき写真と「予算委員会で織部《おりべ》新一朗《しんいちろう》衆議院議員が宇宙人保護費に言及！」という、暑苦しいフォントで書かれた説明書きがあった。

「あの宇宙船が落ちてきた頃は民主党政権だったから、やりたい放題だったわけ」

　黙ってチラシに目を落としていると、旗持ちの男が訳知り顔で言う。拡声器の男は深く頷いた後、いかにもこの国を憂いているという表情で説明を続けた。

「まぁ、最近は移民政策で自民党も日和《ひよ》ってるんでね、今この国じゃ、まともな政治家は織部新一朗くらいのもんなんですよ。織部先生は私たちの活動にも好意的でね、我々の団体のツイッターアカウントに、いいねをしてくださったこともあるんです」

　拡声器男は、その「いいね」が立派な勲章であるかのように誇らしげに語った。佑太が話を聞いてくれる人間らしいと気づいた旗持ちの男は、前のめりに説明を続ける。

「昼間から宇宙人がたむろしてるって話は、このへんで何個も飲食店を経営しているうちの会員が証人ね。外食やパチンコ業界なんかでは、もうずいぶん前から有名な話だから」

「……そうなんですか」

話を聞きながら、「マリア・シスターズ」の握手会に参加していたノマクさんの巨体が脳裏によみがえる。

やや眉唾《まゆつば》ものの話だと思ったが、これ以上質問して場に留《とど》まるのは良くないと思い、あえて二人に見えるようにスマートフォンで時刻を確認した。

「じゃあ、次の予定があるので……ありがとうございました」

受け取ったチラシは、中身の主張といい毒々しいデザインセンスといい、できれば持ち帰りたくない代物だったが、後腐れのないよう礼を言ってその場を離れる。

「こちらこそ！　ユーチューブのチャンネル登録、ぜひお願いします！」

すっかり仲間を見つけたという表情の拡声器男は、そう言って立ち去る佑太に向かって満面の笑みを浮かべた。佑太は苦笑いで応《こた》えると、普段より自転車の速度を上げてその場を立ち去った。


「おかえりなさい」

自宅の扉を開けると、ＣＭで聞き慣れた常盤木りさの明るい声が響いた。居間に続く戸の端から本人が顔を出しているのを見ながら、ドラマのワンシーンのようだと思う。これほど劣悪なアパートにこんな美女がいる光景は、どこかにカメラでも回っていないかぎり成立しないような気がした。

「ただいま……帰りました」

ぎこちなく挨拶《あいさつ》を返すと、りさは満足そうに微笑《ほほえ》み、戸を開けてこちらに近づいてくる。コートを脱いだりさは、黒のハイネックセーターに濃紺のジーンズという地味な服装だったが、抜群のプロポーションがその見栄えを派手にしてしまっていた。すらりと高い身長の彼女が近づいてくると、一段低い玄関口に立っている佑太は、少し見上げるような形になった。

「どちらにお出かけだったんですか?」

佑太が手に持っているチラシに軽く視線をやりながら、りさは丁寧に尋ねてくる。佑太はとっさにチラシをポケットへぐしゃりと詰め込むと、何事もなかったかのように答えた。

「ちょっと、昔の知り合いと会ってて」

「そうだったんですね」

りさはどことなく不安げだったが、それ以上尋ねてくることはなかった。そのまま二人で部屋に戻ると、居間のテレビで国会中継が流れているのが見えた。

「あ、すみません、テレビ勝手につけちゃってて」

佑太がテレビに目をやるとすぐに、りさが申し訳なさそうに言う。

「いや、全然いいけど……国会とか見るんだ」

テレビを観《み》ていたこと自体は何も問題なかったが、その内容が気になった。りさは少し目を泳がせた後、言いづらそうに理由を告げる。

「その……他のチャンネルつけると、ぜんぶ私が出てくるので」

「あぁ、それで」

時刻を確認すると、今はちょうど午後のワイドショーが放送されている時間だった。

「常盤木りさ活動休止」のニュースは、ワイドショーにとっては格好のネタだろう。

「じゃあ、チャンネル変えない方がいいか」

「あ、でも、佑太さんが見たければ」

「いいよ、俺も見たくないから」

佑太は、これまで一度もワイドショー番組を見たいと思ったことがなかった。良識派ぶったコメンテーターが、大して知りもしない「話題の人」をつるし上げ、世間の溜飲《りゅういん》を下げる。その光景には、教師に気に入られた生徒が、クラスの中で人気のない生徒相手に公然といじめを行っているような、見るに堪えない醜悪さを感じた。

「では、しばらく国会で」

理由は違っても「ワイドショーを見たくない」というお互いの目的が一致した結果、佑太とりさは、居間に座ってしばらく静かに国会中継を見ていた。

隣に行儀よく正座しているのは、今まさにワイドショーを騒がせているニュースの当事者だったが、観るメディアといる場所さえ選べば、穏やかな時間はいつでも作れるものらしい。そんなことを考えながらテレビ画面を眺めていると、これまでの質問者よりずいぶんと若い、精悍《せいかん》な顔立ちの議員が質問に立つ姿が見えた。その太く整った眉は、どこかで見覚えがある。

「あっ」

ＮＨＫ特有の白く落ち着いたフォントで「織部新一朗」という文字が表示されると同時に、佑太は思わず声を上げた。

「どうかされました？」

「いや、なんでもない。勘違いだった」

何が勘違いなのかは自分でも分からなかったが、とりあえずそう取り繕うと、りさは小さく微笑んだ。

「私も、そういうことよくあります。『あれっ？』と思うんですけど、よく考えたらだいじょぶなんですよね」

握手会で鍛えられたのか、天性のアイドルというのはそういうものなのか、りさは佑太の短い言葉に反応し、優しい言葉をかけてくれていた。その純朴さに、ささくれた心が癒されるのを感じる。だがテレビからは、平穏を破るように物騒な言葉が聞こえてきた。

『ここは日本国です。異星人ではなく、日本人に税金を使う。これは差別などではなく、国として当たり前の姿勢だと私は感じますね！』

テレビの中の織部新一朗は、両手を身体の前で広げ、歯切れの良い口調で堂々と語っていた。議場からは激しい野次が飛んでいるが、織部はまったく動じる様子がない。その態度からは、自分は生まれながらに指導者なのだと言わんばかりの揺るぎない自信が感じられた。アーケードで出会った男たちを思い出しながら、ルックスもあいまって、この男を支持する人間はこれから増えそうだと思う。

「この方、ちょっと怖いですね」

そうつぶやいたりさは、珍しく険しい顔をしていた。織部の印象は爽《さわ》やかで、女性受けもすこぶる良さそうだったが、りさは織部に対してまったく好意を抱いていないようだった。

「テレビ、消そうか」

静かな口調で言うと、りさは小さく頷いた。佑太がリモコンを拾ってテレビの電源を切ると、部屋には静寂が訪れた。

「足、崩したら？　ずっとそれだと、しびれるだろ」

沈黙を嫌って、りさにそう声をかける。

りさは佑太が部屋に戻ってきてから、きちんと正座してテレビを観ていた。彼女のことだから、自分が部屋にいない間も恐らくそうしていたのだろうと思う。

りさは一瞬不思議そうな表情を見せたが、こくんと頷いた。

「では、お言葉に甘えて」

上品にそう言った後、ゆっくりと足を崩しはじめる。その所作ひとつひとつが様になっていて、気づくと目を奪われていた。

「あ、何か変ですか？」

「いや、変ではない」

油断していた佑太は、ロボットのようにそれだけ口にする。

正座を崩したりさは、今はリラックスした胡坐《あぐら》の姿勢を取っていたが、ジーンズを穿《は》いたりさの胡坐姿は、そのまま雑誌のグラビアを飾れてしまいそうな華があった。

りさは柔らかい笑みをこぼし、それから間を置いて少し真面目な表情を見せた。

「そういえば、差し出がましいことをお聞きするんですけど……ユウタさんがお会いになっていた昔の知り合いって、宇多莉の方ですか？」

「そうだけど」

佑太はもう彼女に嘘《うそ》をつく必要もないだろうと思い、正直に答える。

「その、宇多莉町の方とは、どんなお話をされたんですか？」

りさは強く興味を惹《ひ》かれた様子で、こちらをまっすぐに見て尋ねてくる。佑太はその視線にやや緊張を覚えながら、彼女には瑛介に会った理由を伝えておこうと思う。

「宇多莉に行きたいって言ってたろ？　だから……宇多莉を知ってて科学にも詳しいやつ

に、本当に行けるのか聞いてたんだ。ほら、例の宇宙船から出た燃料が散らばってて、危ないって話もあったろ」

りさは頷きながら佑太の話を聞いた後、意外な言葉を口にした。

「でも、本当に危険なんでしょうか」

町内に「危険区域」が存在することもあり、あの宇宙船が落ちてからは、宇多莉町の話をすると不安そうな反応を示す人がほとんどだったが、りさの反応は真逆だった。

佑太は、瑛介が「危険」について話す時にふと見せた険しい表情を思い出しながら、自分なりの言葉で彼女に説明を試みることにした。

「危険なところもあるし、安全なところもあるらしい。ただ、どれくらい燃料が散らばってるかを測れる装置があるから、もし行くとしたら、それを持っていった方がいいって」

りさは佑太の説明にしきりに頷きながら、行儀よく話を聞いてくれていた。

「最近は、そんな便利なシロモノがあるんですね」

佑太は小さく頷いた後、逡巡する。りさがここまでの話を素直に理解してくれたのはありがたかったが、ここから先は、彼女に話しづらいことだった。

「ただ、ちょっと問題があって」

「問題とは」

「それ、けっこう高いんだ」

　できればこんな話はせず、自分でさっと機材を購入しておきたいところだったが、あいにくそんな経済的余裕はどこにもなかった。それに、今後もりさがこの家に滞在することを考えると、二人分の生活費を賄っていく必要がある。佑太は昔読んだ「落ちモノ」の漫画やライトノベルの作品を思い出しながら、ああした世界で落ちてきた女の子たちは、毎日の生活費をどうしていたのだろうと卑小《ひしょう》なことを考えていた。

「……なるほどですね」

　りさは奇妙な敬語をつぶやいた後、しばらくなにやら考え込んでいるようだった。それから無言ですっと立ち上がると、こちらが声をかける間もなく、部屋の隅に置いていたコートの方へと向かっていく。コートのポケットから自分のスマートフォンを取り出すと、佑太の前にすいと戻ってきてまた正座した。言葉を探すような間があった後、りさは静かに切り出した。

「その、押しかけただけで充分ご迷惑をおかけしていると思っていたので、オトシマエといいますか、誠意を形でお示ししたいと思っていたんです。『九時間パック』の料金も、払っていただきましたし」

「それは、まぁ、あんまり気にしなくていいけど……」

　りさは、妙に極道じみた語彙《ごい》で金銭支援を申し出てくれていた。

　きっぱり支援を断れない自分を内心情けなく思いつつ、佑太は返事を濁す。りさはそんな様子を気にすることなく、自身のスマートフォンで何やら操作を行っていた。

「それで、こちらなんですけど」

りさは、スマートフォンに指紋を合わせる生体認証を行った後、液晶画面をこちらに見せてくる。ページの上部には「イレブン銀行 通帳アプリ」の文字。普通預金残高の欄には、個人の口座ではおおよそ見たことのない、巨額の数字が並んでいた。その金額に声を失っていると、りさが少し恥ずかしそうに話し始める。

「お仕事するたびに、お賃金はちゃんと振り込んでいただいていたんですけど……私、馬《ば》車馬《しゃうま》のように働いていたので、使う時間が全然なかったんです。買いたいと思うようなものも、あんまりなかったですし」

またどこで覚えたか分からない言葉を使いながら、りさは巨額の残高について説明した。元々物欲が乏しい彼女が、トップレベルでお金が動く業界で四六時中働いた結果、預金には、平気で住宅が買えてしまうような金額が貯《た》まったらしい。りさは軽くスマートフォンを振った後、小さな声で続ける。

「今はほんとにコレと髪留めしか持ってないので、申し訳ないんですけど……コンビニに一度立ち寄れれば、『スマホATM』的な機能があるので、このくらいお渡しできます」

運が良いことに、彼女が口座を作っている銀行では、最近普及しつつあるスマートフォン認証で、ATMからお金をおろせるらしかった。相当な出費を覚悟していた佑太は、突然多額の資金援助を申し入れられ、しばらく硬直する。

「足りれば、いいんですけど」

フリーズしている佑太に、りさは心配そうにそう加えた。

「いや、足りる。全然足りる」

即座に首を振って答えると、りさはほっとした表情を見せる。それと同時に、ぐぅと小犬が唸《うな》るような声がお腹《なか》から聞こえた。

「あ、その、違うんです」

りさは腹部に手を当て、分かりやすく狼狽《ろうばい》する。考えてみると、予期しないことばかり起きた結果、りさも自分も、今朝から何も食べていないようだった。

「悪い、すぐ飯作るよ」

「いいんですか?」

ぱっと表情を輝かせるりさを見ながら、佑太は人懐こいラブラドールレトリバーを思い浮かべる。小さく頷いた後、できるかぎり彼女の食べたいものを用意しようと思った。

「なんかリクエストある?」

「……では、ラーメンで」

そう頼むりさの顔には、なぜかこれまでになく固い決意が感じられた。その妙に頑固な表情に思わず笑みをこぼした後、佑太はキッチンへ向かった。

「すっごく美味《おい》しい。こんな美味しい食べ物が、この世にあったんですね」

「……それはさすがに、大げさだろ」

佑太は作ったのは、家に残っていた袋麺《ふくろめん》を茹《ゆ》で、一欠《ひとかけ》のにんにくを軽く擂《す》ってメンマを載せただけの即席ラーメンだった。どう考えても天下のアイドルに食わせるものではない粗末な食事だったが、りさは想像以上に大喜びで食べてくれていた。

「でも、最近食べたものでは、絶対一番です。毎日デリバリーご飯ばかりだったので、こういう家庭料理は、ほんとに久しぶりで」

りさは興奮ぎみにそう言った後、ラーメンの器を両手で包む。

「私、ラーメンを食べるお仕事には、もれなく事務所NGが出てたんです。なんだか、『清純なイメージが崩れる』とかで、プライベートでも行きづらくて」

不服そうにそう言った後、りさは顔を上げ、佑太の眼をじっと見た。

「前から不思議だったんですけど、ラーメンって、何か不純なところがあるんですか?」

「……とても純粋だと思うよ。ラーメン自体は」

麺を啜《すす》る音や食べる様子がどうだとか、事務所が懸念していたことは分からないでもなかったが、そんな理由で食べるものまで制限されてしまうのは不憫《ふびん》だった。

「やっぱり、変なお話ですよね」

りさは佑太の答えに頷くと、さらに自分とラーメンとの関係について語り続けた。

「どうしてもラーメンが気になってしまって、お忍びで食べに行こうと思った時期もあったんです。でも、インターネットで調べてみたら、ラーメン屋の店主はみんな腕を組んでこっちを睨《にら》んでる、みたいなことが書いてあったので……急に怖くなってしまって」

りさの声がだんだん不安げに変わるのを聞きながら、佑太はかろうじて神妙な顔を保つ。

りさのラーメンへの理解には相当に誤解が含まれていたが、とりあえず、どうして彼女があれほど強くラーメンを所望したのかは理解できた。

「それで結局、今まで食べたことがなかったんだ」

「はい。だから今日は、ラーメン記念日です」

りさは笑顔で言うと、再び元気にラーメンを頬張りはじめた。

「……気づいたんですけど、髪が長いと、ラーメンを食べるのって大変なんですね」

彼女は「だからNGだったのかな」と小さくつぶやいた後、色の白い左手で長い髪を耳にかきあげ、美味しそうにラーメンを食べた。

ただ食事をしているだけなのに、その様子には脳の一角が痺《しび》れるような妖艶《ようえん》さがあり、事務所が懸念していたのはまさにこの光景だったんだろうと思う。自分の食事もそこそこに彼女がラーメンと奮闘する姿を眺めていると、りさは何か思いついた表情で、机の下からシュシュを取り出した。

「遅いですけど、また気づきました。今はしばっちゃえばいいんですよね」

りさはそう言うと、「失礼します」と小さく口にした後、髪をてきぱきとシュシュで縛り、ポニーテールをつくる。長い黒髪をおろした姿以外を見たことのなかった佑太は、露《あら》わになった白いうなじに、動悸《どうき》が高まるのを感じた。

「……髪しばるのも、ダメだったの？」

内心の動揺を悟られないように、気になったことを尋ねてみる。りさは大きく頷くと、しみじみと振り返るような口調で話し始めた。

「ダメですねぇ。シルエットが変わっちゃうのはダメって言われてました。常盤木りさじゃなくなっちゃうからって」

「髪しばったら、常盤木りさじゃなくなるのか」

「なんだか、そうらしいです。常盤木りさには、よく分からない話でした」

りさはそう言って、困ったように笑う。その様子を見ながら、彼女はこれまで、自分ではない誰かが作った「常盤木りさ像」を四六時中演じていたらしいと気づく。

「大変だな、アイドルって」

佑太は、半分ひとりごとのように言う。りさは、麺を頬張ったまま上目遣いでこちらを見た後、行儀が悪いと思ったのか、慌ててラーメンを食べ切った。

「でも、楽しいこともいっぱいありますよ」

両手を合わせて「ごちそうさまでした」と口にした後、りさは佑太の目を見て言う。

「アイドルって、誰かを元気にして、幸せな気持ちにすることがお仕事なんです。それって……これ以上ないくらい、やりがいのある職業だと思うんですよね」

自分の仕事が、誰かの幸せにつながる。そうはっきりと思える仕事であれば、確かにやりがいはあるのかもしれない。先週の単発バイトで、消費者金融の広告が入ったティッシュをひたすらに配った後の強烈な徒労感《とろうかん》を思い出しながら、そんなことを思う。ただ、彼女がアイドルという仕事へ肯定的な言葉を繰り返すほど、佑太の中には、ある疑問が湧《わ》きあがっていた。

「でも、じゃあ……」

そこまで口にしたところで、りさは何かを悟ったように、こちらを見る。

「そんな仕事を休んでまで、どうして宇多莉に行きたいの」

これまで何度も尋ねながら、その都度はぐらかされてきた質問。りさは尋ねられることを予期していたようだったが、今は言葉を探すように沈黙していた。何も言わずに反応を待ち続けていると、りさは小さく頷いた後、その大きな瞳を佑太に向けた。

「理由は、いくつかあるんですけど……今は、お伝えしやすいことをひとつだけ」

そう言って、りさは人差し指を一本立てる。無意識にその指先に目をやると、彼女は唐突に立ち上がった。

「洗面所、お借りしていいですか?」

「いいけど、今?」

「はい。その方が、分かりやすいので」

またはぐらかされるのではと警戒する佑太に、りさは妙なことを付け加えた。

「ついてきてください」

「えっ」

女性に「洗面所を借りたい」と申し出られた場合、普通は付いて行ってはいけないはずだった。ただ、常盤木りさは普通の女性ではない。りさは、警戒を強める佑太の手を引くと、迷わず洗面所まで進んでいった。

鏡の前で立ち止まると、ちょうど同じくらいの身長の佑太とりさが並んでいる姿が見える。こちらが何か言う間もなく、りさは両手を洗い、おもむろにその手を右目に寄せた。

「ちょっとだけ、待ってくださいね」

動揺する佑太を後目《しりめ》に、りさは何かを右目から取り出す。瞳孔《どうこう》部分が白く空き、周囲が黒く縁取られた半透明の物体。それが特殊なコンタクトレンズだと気づくと同時に、佑太は鏡の中の光景にたじろぐ。

「私、宇宙人なんです」

そう口にした常盤木りさの右目は、清澄《せいちょう》なライトブルーに輝いていた。

七．マイノリティ

「今朝つけたまま寝ちゃったから、今日はしばらく目がガビガビで。だから早めに取りたかったんです」

　一時的に黒とライトブルーの「オッドアイ」状態になっているりさは、その一種異様な美しさを放つ外見を気にせず、のんびりした口調で言った。

「黒の、カラコン？」

　他に聞くべきことは山ほどあったが、りさの指先を指し、まずはそれだけ確認する。

「はい。急に外れちゃってもいいように、いつも一組だけ予備を持ってたんです。でも、これ外しちゃったら、もう終わりですね」

　それなりに重大な意味を持つはずのことを、りさはさっぱりとした口調で言った。慣れた手つきでもう片方のコンタクトレンズを外すと、ゆっくりと瞬《まばた》きをする。常盤木りさの眼は、両方とも透き通ったライトブルーに変わっていた。

「宇宙……いや、フーバー星人なの？」

「はい。今まで隠してて、ごめんなさい」

そう言って、常盤木りさは深々と頭を下げた。

「いや、謝ることは、全然ないけど」

事実であれば、生まれ持ってのことだから謝罪する必要はないと思った。ただそれでも、動揺は隠せない。

今日本で一番有名なアイドル・常盤木りさが、フーバー星人。活動休止と失踪だけで、芸能ネタとしてのボリュームは充分のはずで、ここにフーバー星人の話まで加わると、週刊誌一号がそのまま「常盤木りさ特集」になってしまいそうだった。

「芸能界って、けっこう宇宙人の人多いんです。みんな隠しているので、あんまり知られてないですけど」

二人で居間に戻りながら、りさは淡々とした口調で説明する。

「私たちは、父の仕事の関係で五年前から東京に住んでいたんですけど……母と渋谷を歩いていたら、宇宙人のスカウトの方に声をかけられて。目立つ仕事だから、はじめは迷ったんですけど、『フーバー星の人らもたくさん活躍してるから』って言われて、それならいいかなと思ったんです」

佑太はりさの話を聞きながら、きっと母親も美人なのだろうなとぼんやり思う。フーバー星人と会うのは初めてではなかったが、その生活ぶりについて詳しく聞くのは初めてで、どんな顔をしたらいいか分からないというのが正直なところだった。

「それからはとんとん拍子に話が進んじゃって、マリスタの一員としてデビューすることになったんですけど……私が宇宙人ってことは、他のメンバーは知らなくて」

　そこまで話したところで、りさの表情が翳《かげ》る。

「メンバーに、フーバー星人だって知られるのがまずかったの」

「あ、そういうことではないんです。隠してたのは、私が勝手にそうしてただけですし。みんないい娘《こ》たちなので、きっと私は宇宙人だってバラしたら、マリスタの子たちは受け入れてくれたと思います。ただ……」

「問題は、事務所の方か」

　萬城目の肥えた体型を思い出しながらそう尋ねる。りさは目を伏せ、しばらく黙っていたが、意を決したように語り始めた。

「マリスタって、みんな同じお母さんから生まれた姉妹って設定なんですよね。だから、私だけ目の色が違ってたら『ややこしい』って……事務所の方が、仰《おつしや》いまして」

「それで……黒のカラコン、ずっとつけてたのか」

「そうですね、ずっと」

「フーバー星人」という出自《しゆつじ》を隠すために、自身を偽り続ける。その行為は、彼女にとって決して楽なことではないはずだった。伏し目がちに話すりさを見ながら、佑太は、彼女がタクシー運転手を「騙《だま》してしまった」と悔いていた姿を思い出す。

「もう、誰も騙したくなかったんだな」

つぶやくように言うと、りさはふっと顔を上げ、佑太を見た。

「もうすぐ、宇宙船がここに来て十年ですよね。だから……これを機に、ちゃんと自分のことをお話しようと思ってたんです。出身のことも、これまで隠してたことも、ぜんぶ」

「……それが、許されなかったのか」

彼女の純粋な願いを、「大人の事情」が許さないだろうことは予想できた。りさは悲しげに頷くと、訥々と語り続ける。

「『ウチュージンとかウタリとか、そういう面倒な話はアイドルの現場に持ち込むな』って言われました。現実を忘れたくてアイドル応援してるヤツらに、そんなややこしい話、ウケるわけないだろって」

りさは事務所の大人に言われたらしいことを繰り返しながら、自分の発した言葉に傷ついているようだった。

「私、ウケたくて宇宙人なわけじゃ、ないんですけどね」

りさは、整った眉を苦しげに歪《ゆが》め、ぽつりとつぶやいた。

「ウケない」という理由で、本当のことが話せなくなる。それも、変えようのない自分の出自のことを「ウケない」と言われてしまう。りさの告白を聞きながら、佑太は、彼女が抱えてきた苦痛を他人のものとは思えなくなっていた。

「すみません、こんな重い話しちゃって」

りさはそう言ってまた頭を下げる。その姿を見ながら、彼女は他人を責めることを知らずに、代わりに自分自身を責めてここまで生きてきたのだろうと思った。

「謝ることなんて、ないだろ」

心の底から、そう伝える。顔を上げたりさの睫毛《まつげ》は、涙で少し濡《ぬ》れていた。どうして、この子が泣いてるんだろう。どうして俺は、この子を疑ったりしたんだろう。理不尽に押しつぶされそうになっている目の前の少女と過去の自分を重ね合わせながら、他の誰にも話してこなかったことを、彼女には伝えようと思った。

「……俺もあれから、宇多莉出身って言うだけで『ややこしい』って反応されるようになったんだ。『可哀想《かわいそう》に』みたいなこと言う人も、何も言わないで『嫌なこと聞いたな』って顔する人もいたよ。だから気持ち、少しだけ分かる」

りさがフーバー星人であることを隠していたように、佑太は自分の出身地を隠すようになっていた。出身地を話すだけで、平穏だった場の空気が一変する。学生時代にそんな経験を何度もしたことで、佑太は自分の出身について固く口を閉ざすようになっていた。

りさは、濡れた瞳を佑太に向け、黙って話を聞いている。声こそ発しなかったが、その表情から、自分の気持ちが通じたことを感じていた。

「宇多莉行き、手伝うよ。遊びでも冷やかしでもないのは、よく分かったから」

「……ユウタさんって、やっぱり優しいですね」

そう言って、りさは涙を小さく拭《ぬぐ》う。本来の瞳の色を見せるようになってから、りさの美貌《びぼう》には、何か神聖な雰囲気すら感じられるようになっていた。

「理由、まだぜんぶ話せなくてすみません。ただ、他の理由は、もっと刺激が強いので」

どさくさに紛れて、りさはとてつもなく物騒なことを言った。

「まぁ、そのへんは、言えるようになったらでいいから」

「宇宙人なんです」より刺激が強い告白なんてあるかと思いながら、今はこれ以上訊《き》かないことにする。しばしの沈黙の後、自分だけの心に秘めておくのが苦しかったのか、りさは理由の断片を口にした。

「会いたい人がいるんです。その人、宇多莉にいるはずで、でも他に手がかりがなくて」

「それは……恋人、みたいな人？」

「刺激が強い」という言葉から、アイドルである常盤木りさにとって危険そうな線をあたってみる。りさは、その質問にはすぐに首を振った。

「あ、そうじゃないです。マリスタ、恋愛禁止なので」

急に公式声明のような回答が返ってきて、やや調子が狂う。だが考えてみると、人を騙すことを極度に嫌うりさには、「恋愛禁止」のグループに所属しながら恋人を作るなんて芸当はできないような気はした。

「恋人ではないんです。でも、大事な人です」

「……そうなんだ」

そこまでして隠さなくてはいけない「会いたい人」のことは気になったが、今は彼女が自分から話すのを待つことにした。

「お前に彼女がいねぇのは、押しが弱《よえ》えからだな」

佑太の頭には、小中学校時代の同級生、赤嶺東人に言われた言葉がなぜか今よみがえっていたが、とにかく、今日のところは彼女の選択を尊重しようと思う。

「許された休みは一週間だろ。だったら早めに、宇多莉に向かった方がいいよな」

「……そうですね。着いてすぐ、見つかるとも限らないので」

佑太が確認すると、りさは不安そうに頷いた。今回の宇多莉町行きには、制限時間がある。行動は早い方が良かったが、気づくともう一日が終わろうとしていた。

「とりあえず、今日は遅いから風呂《ふろ》入って寝よう」

普段の独り暮らしの感覚でそう言ってしまってから、りさの表情を見て、いろいろと問題があったことに気づく。りさは先ほどまでとはまた違った、恥じらうような雰囲気で目を伏せていた。

「パジャマとか、ないよな」

「そうですね。今は、髪留めしか」

佑太は短く言うと、すぐさま押し入れの方へ向かった。

「……分かった、なんとかする」

一瞬、髪留め以外何も纏《まと》わない常盤木りさを想像してしまったことを悟られないように、佑太は短く言うと、すぐさま押し入れの方へ向かった。

狭いアパートの室内に、流水がタイルへ落ちる音が響いている。

廊下の奥、橙《だいだい》色の灯《あか》りの先には、モザイクごしに肌色のシルエットが浮かんでいた。

佑太は風呂場の灯りからなんとか目を切ると、ベッドの毛布についた毛玉を、その一つ一つが煩悩であるかのようにむしりはじめる。

自分が住むボロアパートの浴室で、常盤木りさがシャワーを浴びている。この状況で平静を装うには、修行僧に近い高尚な精神が必要だった。

毛布が新品同様に見えるほどにまで毛玉が取れた頃、廊下の向こうでやっとシャワーの音が止《や》み、折れ戸の開く音が響いた。

「タオル、洗濯機のところにあるから」

「あ、ありがとうございますー」

明るくそう答えてくれたりさの今の状況は、考えないことにした。脱衣所からは、小さな鼻歌が聞こえてくる。彼女が安心しきっていることを感じながら、その安心を裏切らないことが今日のお前に課せられた最大の試練なのだと、佑太は自分に言い聞かせていた。

「とてもいいお湯でした」

髪を少し濡らしたまま居間に戻ってきたりさは、優しい笑みを浮かべてそう言った。

成人してまもないりさが、佑太の高校時代に着ていたよれたジャージを身に付けている姿は何か異様に背徳的で、こんなものを常盤木りさに着せた自分は、いずれ何らかの罪で裁かれるんだろうと思う。

「ドライヤー、ボロいけど一応あるから」

「あ、ありがとうございます。使わせていただきますね」

そう言って長い黒髪を乾かしはじめたりさに頷きながら、彼女の入浴中に近所のコンビニで買ってきておいたデザートを机に置く。

普段ならテレビをつけるところだが、今日はやめておくことにした。「いいんですか?」と目を輝かせるりさにまた頷き、二人でスフレプリンを食べる。しばらくのんびりとした静寂が続いた後、りさが口を開いた。

「私、今まで家族と事務所の人以外に宇宙人だって告白したことがなかったので、正直すごく不安だったんですけど……言っちゃったら、すごくすっきりしました。失礼かもしれないですけど、なんだかここも、自分のおうちみたいに思えて」

「……それはよかった」

佑太は本心からそう言う。多くの人に嘘をつかなくてはいけない暮らしは、身体的にも精神的にも楽ではないはずだった。この場所が彼女にとって嘘をつかなくていい場所になったのなら、それに越したことはない。そんなことを思いながら、佑太はりさが度々口にしている言葉で、ずっと気になっていたことを尋ねた。

「なんかさ、『宇宙人』って言い方は、あまり良くないって言うだろ。侮辱的とかで」

りさはこの家に来てから、自分のことをずっと「宇宙人」と言っていた。テレビや新聞メディアでは「宇宙人」という表現は禁止用語化していて、誤って「フーバー星人」と呼ばなかった場合、即座に訂正と謝罪のコメントが発表されることになっている。りさはプラスチックの小さなスプーンで美味しそうにプリンを頰張った後、小さく首を傾《かし》げた。

「それ、マネージャーさんにも耳にタコができるほど言われたんですけど……正直、よく分からなかったんですよね」

りさは小さく口を尖《とが》らせながら、困ったように言う。

「地球の人から見れば、私たちって、まさに宇宙から来ちゃった人たちなわけですよね？フーバー星人と呼ぶより宇宙人って呼んじゃう方が、なんだか自然な気がしますけど」

「それはたしかに、そうだけどさ」

りさの話にあっさり折れつつ、当事者の気持ちがこうなのだとしたら、メディアや世間は、いったい誰に向かって配慮してあんなことを言っているんだろうかと思う。

きれいにプリンを食べ終えたりさは、その底を見ながら何かを思いついたようだった。

「あ、そうだ。ユウタさんはご存じですか？　私たちの前にも、宇宙人がこの星に来たことはあるんですよ」

「……そうなの？」

オカルト雑誌では散々そんな話を読んだことはあったが、オカルト雑誌とフーバー星人本人の話では、信憑性《しんぴょうせい》がまったく異なるはずだった。半信半疑の佑太に、りさは大きく頷く。

「はい。そのときは、ここことは全然別のところに、船が不時着したらしいんですけど」

「全然別のところって、どこよ」

「……あのー、お腹が減った、みたいな感じの国ありましたよね？」

りさはぎゅっと目をつぶり、なんとか国名を思い出そうとしている。

「ハンガリー？」

長考した末、思いついた単語をつぶやくと、りさはぱっと顔を輝かせた。

「そう、そこです！」

自分でもよく分かったなと思いながら、佑太はりさの話に耳を傾ける。

「今から百年くらい前なんですけど……父が言うには、私たちの先祖でかなり変わった科学者の方々が、民間の宇宙船で無茶な冒険をして、今の私たちみたいに帰れなくなったらしいんです。その結果、先祖のみなさんはこの星に溶け込んで諸々《もろもろ》がんばったそうで」

「……がんばったって、たとえば何してたの」

「映画業界とか、コンピューター分野とか、そういうところでお仕事してたらしいですね。特にコンピューターのお仕事は、まだほとんど決まりごとがない状態だったので、宇宙人にも寛容だったみたいです」

りさの説明を聞きながら、今でも地場産業に比べると芸能界やＩＴ業界などでは外国人が多いことを思い出す。りさはさらに続けた。

「父が言うには、私たちの先祖はコンピューター分野ですごい才能のあった方だったそうで、こっちでは『ソイジョイマン』みたいな名前で教科書にまで載ってるんだそうです」

教科書にそんな覆面レスラーみたいな名前の偉人が載っていただろうかと訝《いぶか》しんでいると、コンピューター分野という言葉から、佑太の頭にある人物の名前が思い浮かんだ。

「……フォン・ノイマン？」

「あ、そうです！　ユウタさん、ほんとに何でも知ってますね」

「いや、たまたま知ってたんだ」

中高時代、屈折した学生だった佑太は、黒板に書かれることにはあまり興味を持たず、授業中はもっぱら、学校から強制的に買わされた分厚い資料集を読んで時間をつぶしていた。その結果、妙な知識ばかりは豊富にあり、フォン・ノイマンの名前は世界史の資料集のコラムを通じて知っていた。

「……あの人、本当に宇宙人だったんだな」

「コンピューターの父」として名前が知られるフォン・ノイマンは、その異様に卓越した頭脳から「宇宙人なのでは」と冗談を言われていたことが世界史の資料集にも記されていた。面白がってウィキペディアで調べたところ、ノイマンがハンガリー人だったことから、海外の一部では「ハンガリー人宇宙人説」という珍妙な説もまことしやかに語られているらしい。その噂《うわさ》の一部が事実だと聞かされ、佑太は少なからず驚いていた。

「そういえば……常盤木りさも、本当の名前じゃないの？」

「フォン・ノイマン」が地球でりさの先祖が名乗っていた名前だと聞き、佑太は気になったことを尋ねる。

「あ、そうですね。でも、『りさ』はほんとの名前なので、これからはりさって呼んでもらえると嬉しいです」

りさはそう言うと、スマートフォンのキーボードを『フーバー語』に切り替え、何かを打ち込み始めた。

「リサ・タティスカンナ・ワギトって言います。常盤木というお名前は、ワギトの方から取ってるんです」

「へぇ……すごいな」

初めて見たフーバー語のキーボードを使いこなすりさの姿を見ながら、彼女の日本語がたまに不自然に感じられたのは、自分で新しく覚えたからだと気づく。子どもの頃から十年日本にいることもあってか、第二言語にしては相当に上手《うま》く話せているのも事実だった。りさが見せてくれたスマートフォンの時刻を見て、時刻が二十四時を回っていることに気づく。

「……そろそろ、寝ますか。時間も遅いし」

変な意味に聞こえないよう気を遣った結果、ぎこちない敬語が出ていた。りさは佑太の目を見て頷くと、一つしかないベッドの位置を確認し、また佑太を見た。

「一緒に寝ます？」

りさに無邪気な表情でそう言われ、とっさに声にならない声が漏れる。

「いや、ダメだ」

佑太はすぐに首を振って否定したが、りさはピンときていないようだった。

「でも、客人の私だけがベッドを占領《せんりよう》するのは、なんだかよろしくない気がします」

「いや、それでも、絶対に、ダメだ」

自分の中にある理性を総動員しながら、佑太は再び否定する。

「俺が殺される。ファンに、なぶり殺しにされる」

頑《かたく》なに否定する佑太を、りさは不思議そうな表情で見ている。その青い瞳に吸い寄せられそうになりながら、佑太の脳はなんとか煩悩を抑えこんで言葉を発した。

「りさはベッドに寝る。俺はソファに寝る。これは、決定です」

「そうですか……ユウタさんがそういうなら、お言葉に甘えて」

りさは佑太の返事を聞いて少ししょげたような顔をしていたが、こちらの意志が固いと知ると、ベッドに静かに横になる。意志が鈍らないうちに佑太もソファに寝転ぶと、居間の電気を落とした。

しばらく静かな時間が流れた後、ベッドにいるりさが、もぞもぞと動きはじめる。狸寝《たぬきね》入《い》りを決め込んでいると、りさの透き通った声が聞こえた。

「ユウタさん」

「……どした」

名前を呼ばれて無視するわけにもいかないと思い、短く応える。目を開けると、りさの青い瞳がこちらを覗《のぞ》いているのが分かった。

「私のこと……てないですか」

「え？」

聞き取れずに尋ね返すと、りさはしばらく何も言わなかった。

「なんでもないです」

「いや、でも」

「ご飯もお風呂も、すごくうれしかったです。今日は眠いので、おやすみなさい」

りさはそれだけのことを一気に言うと、こちらの返事を待たずに毛布の中でもぞもぞと動き出し、佑太の方に背を向けた。

「……おやすみ」

とりあえずそう返事をして天井を見たものの、佑太の頭の中には疑問が次々と浮かび、眼は爛々と冴《さ》えてしまっていた。

りさは自分に、何を聞きたかったんだろう。彼女の「大切な人」は、誰なんだろう。どうしてりさは、自分の名前と出身を知っているんだろう。宇多莉町に無事着けたとして、自分たちはそれから、どうなるんだろう。無数の答えのない疑問が頭に渦巻く中、佑太はまんじりともせず、窓の外が徐々に白んでいくのを眺めていた。

八．アウトサイダー

　コンビニATMの前に立つ常盤木りさを店外から見ながら、佑太は不安を覚えていた。ニット帽に黒縁眼鏡、大きな白いマスクという出《い》で立《た》ちで、スマートフォンをしきりに見ながらお金をおろしているりさの姿は、一目見た場合は強盗で、控えめに言っても振り込め詐欺関係者だった。

　自分が代わりに行ってやるべきだったと後悔していると、アルバイトらしい外国人店員の険しい視線をよそに、りさが笑顔で店を出てきた。

「お待たせしました！　すみません、QRコードの認証にやや手こずってしまいまして」

　りさは、無事にATMから大金をおろすことに成功していた。自分で働いて稼いだお金を引き出しただけなので、そこに一切の違法行為はないのだが、傍目《はため》にはまったくそう見えないのが不憫だった。

「……おつかれさん。とりあえず、ここから離れよう」

　佑太はりさをねぎらい、即座にこの場から移動することを提案する。りさはわずかに見える目と眉で不思議そうな表情を作ったが、理由は聞かず、すぐに佑太の後についてきてくれていた。

スマートフォンで最寄りのレンタカーショップまでの道のりを確認したあと、不審者にしか見えないりいさの方を振り返る。

「そういえば……なんであのネット銀行に口座作ってたの」

手元にスマートフォンしか持っていなかったりさが、その状態でもお金をおろせる銀行口座を持っていたのは幸運だったが、普通はなかなかその選択はしないだろうと思う。りさは小さく頷くと、変装時の癖らしく、声をひそめて話しはじめた。

「あの銀行さんのアプリって、私たちが来る前から、十一か国語に対応してたんですよね。だからなのかは分からないですけど、フーバー語にもまっさきに対応してくれてたので、我が家はみんな、あそこで口座を作ったんです」

「……なるほどな」

今寄ってきたコンビニエンスストアを見ながら、そういう銀行もあるのかと思う。日本の伝統的な銀行があまり外国人に気前よく口座を作らせるイメージがないことを考えると、「非日本語話者が使いやすい銀行」という狙《ねら》いは、なかなか良さそうだと思った。そんなことを考えているうちに、赤いレンタカーショップの看板が見えてくる。

「いらっしゃいませ」

自動ドアを抜けると、揃いの赤いベストを着た店員たちが機械的な口調で言う。佑太はネット予約の際に届いていたメールを確認すると、窓口の店員に話しかけた。

「予約してた青砥です」

「青砥さま、ですね……お待ちしておりました。身分証明のできる書類のご提出をお願いいたします」

佑太が用意していた免許証を渡すと、ショップ店員は何か番号を控えた後、感謝の言葉を添えてすぐに免許証を返却してくる。

「それでは、こちらがお車のキーとなります。出発前にいくつか注意事項がございますので、ご説明させていただきます」


「車って、こんな簡単に借りられるものなんですね」

「まぁ、こんなもんだろ」

後部座席から感心したように言うりさに、軽く応じる。宇多莉町へ向かう交通手段として、佑太たちはレンタカーを選んでいた。宇宙船の漂着後、宇多莉町方面へ向かう公共交通機関はしばらく運休状態にあったが、「清火リレー」開催に合わせて、今ではそのほとんどが運行を再開している。だが、宇多莉町に着いてからの移動や、正体を隠さなくてはいけないりさの事情を考えると、小回りのきく乗用車を借りた方が良いだろう、というのが二人で相談した結果だった。

どちらも車には疎かったため、燃費が良くて目立たないことだけを考え、車種はたまたま目に留まった白のワゴンRを選んだ。人目をさけるために後部座席に座ったりさは、両手と頭を助手席の肩に乗せて、車に慣れた大型犬のように運転席の佑太を見ていた。

「私、ああいう手続きって苦手なんです。絶対、あんなにスムーズにはいかないので」

「……りさは、免許持ってないんだっけ」

ややぎこちない口調で、後部座席にいるりさの名前を呼ぶ。昨晩そう呼べと言われたため、今日からは意識して名前を呼ぶことにしていた。眼鏡にマスク姿のりさは頷くと、少しだけ眉根を寄せて話しはじめる。

「そうですねぇ。免許、個人的には欲しかったんですけど、ちょうど十八歳くらいからお仕事が忙しくなったので、取る時間が全然なかったんです。だから、身分証明がどうと言われてしまったときは、『地球在住証明書』というものを出すんですけど……あれを出すと、昔から変な雰囲気になってしまって」

りさが触れた「証明書」の話は、佑太にとって初めて聞くものだった。

「その証明書って……フーバー星の人たちはみんな持ってるの?」

「はい。私たち、突然宇宙から落ちてきてしまったので、住民票とかに登録されていないらしくて。その代わりに、証明書が発行されてるんです」

「そうなのか」

聞きながら、佑太は自分の知らない世界が想像以上に広いことに気づく。フーバー星人が地球に来てから約十年が経過していたが、彼らの普段の生活については、知らないことがほとんどだった。

「今はお仕事のこともあるので、『身分証明』って言葉が出てくる場所には、近づかないことにしてるんです。……たぶん、一番苦手な四文字熟語です」

「身分証明？」

何気なく尋ね返すと、りさは弱々しく頷いた。

「はい……聞いただけで、少しざわわしてきました」

「あ、ごめん」

人気アイドルかつフーバー星人という事情を抱えるりさにとって、「身分証明」はトラブルを想起させる禁句らしかった。思わず詫《わ》びると、彼女は小さく首を振る。

「いえいえ。でも、いつもそんな調子なので、ユウタさんがいてくれてほんとに助かってるんです。地球の人と一緒にいると、こんなにいろいろスムーズなんだなって」

佑太にとってはなんてことのない窓口手続きだったが、りさの体験を聞きながら、手続きが滞りなく済んでいたこと自体がある意味恵まれていたのだと気づく。そんな会話をしているうちに車は自宅付近の若宮《わかみや》区を越え、商店街のアーケードがある青林《あおばやし》区へと入っていた。

「……なんかさ、この前、ここに変なやつらがいて」

きっと触れない方がいい話だと思いながら、気になってしまい口を開く。「地球在住証明書」の話をしていたこともあり、佑太の脳裏には、ここで過激な演説をしていた男たちのことがよみがえっていた。

「『フーバー星人はみんな国から多額のお金をもらってるんです！』とか騒いでたんだけど、たぶん嘘だよな」

佑太がそう尋ねると、車内には短い沈黙が流れた。バックミラーに映るりさは、言葉を探すように窓の外を見ている。

「宇宙人にもいろんな人がいるので、私が知ってる人の話しかできないんですけど」

後部座席のりさは、そう前置きをした上で少し不安げに話し始めた。

「あの宇宙船もそうですけど、この星にはなくて、宇宙人だけが持っている技術というのがなんだかあるみたいなんですよね。それで、そういう技術に詳しくて、日本の研究機関に協力してくれる宇宙人には、国から『ギジュツシャホゴヒ』みたいな名目でお金が支払われてるんです。私は科学とかよく分からないので、もらったことはないんですけど」

「……なるほどな」

フーバー星人たちが持つ技術は地球の科学技術を明らかに超えたもので、国がその技術を目当てにフーバー星人を保護しているというのは、それなりに納得のいく話だった。宇宙人全員に「保護費」が支払われているかのように主張していたあの男たちの話は、どうやら嘘の混じった誇張だったらしい。

「それと、さっきお話しさせてもらったことと関わるんですけど……私たち宇宙人には普通の身分証明書がないので、お仕事をはじめるときに『地球在住証明書』を提出するんですね。私みたいにそれを出すのが嫌な人とか、会社の方に宇宙人を嫌いな人がいるとか、いろんな事情があって、普通にお仕事をしている宇宙人って、少ないみたいなんです」

りさは何気ない口調で話していたが、会社側が相手を「宇宙人」だと知って雇わないのは、民族差別にあたるはずだった。本来なら法で禁止されているはずだが、りさが当然のように話しているところを見ると、どうやらそうしたことは少なからずあるらしい。りさはマスクごしに小さく息を吸うと、淡々と話を続けた。

「それで、あんまりそういう偏見が強くない芸能界に入る方とか、自分が書類チェックする側になっちゃえばいいって発想で経営者になる方とか、そもそも証明書なんていらない怪しいお仕事をする方々とか、いろいろいるみたいなんですけど……みんな新しい星で生き残ろうと必死だったので、成功して、お金持ちになってる人もけっこういるんですね。もしかしたら、そんなところが、『お金をいっぱいもらってる』という噂の元になってるのかもしれません」

りさは困り顔でそう締めくくる。ところどころ話しづらいところもあるようだったが、りさは真剣な口調で、細かい事情まで説明してくれていた。テレビでは彼女の言動は「天然」と言われ、常に笑いのネタにされていたが、彼女自身はいつも至って真面目に話をしていたことを思い出す。

「……ありがとう。言いづらいこと、話してくれて」

「いえいえ。こちらこそ、聞いてもらえてよかったです」

佑太がぶっきらぼうに礼を言うと、りさはいつもどおりに謙遜《けんそん》し、純朴な笑顔を見せる。

それからふいに真面目な表情を見せると、静かに自分の考えを話し始めた。

「たぶんなんですけど……宇宙人も地球人も、お互いが遠慮して、お互いのこと知らないで、それでお互い怖がってるような感じが、一番よくないと思うんです」

佑太はりさの言葉に小さく頷く。テレビで偉そうな文化人が話す「多様性」がどうという言葉にはあまり共感できなかったが、彼女が実感を込めて話す言葉は、自然と受け入れることができていた。

「だから、私が宇宙人だって明かして、ちょっとでもお互いのことを知るきっかけを作れたらって思ったんですけど……まことに人生は、ままならないもので」

またどこで覚えたか分からない言い回しを使いつつ、りさは小さく肩を落とした。

彼女が「緊急脱出」をした理由は、佑太にもだんだんと分かり始めていたが、今は何も言わず、彼女の話を聞こうと思った。

少し重たくなった空気を変えようと、無言でカーラジオのチューニングをはじめる。音がクリアに入る周波数に合わせると、少女が明るく合唱するような声が聞こえ始めた。

『……お聞きいただいたのは、マリア・シスターズで「懺悔《ざんげ》しちゃお？」でした』

「あっ」

「だいじょぶです、変えないでください」

反射的に周波数を変えようとする佑太に、りさはすかさずそう言った。

カーラジオから静かに手を離すと、番組のパーソナリティを務める地元出身のお笑い芸人「ジャッキースタイル」が話しはじめる。

曲はリスナーからのリクエストだったらしく、フリートークは自然とマリア・シスターズと「常盤木りさ」の話題になっていた。

『いやぁ、りさりさ、活動休止ですよ。どうですか、握手会に毎回行ってたゴリ夫《お》さん』

『仕方ないですよ。これはね、仕方ない』

『お、意外に冷静ですね』

ツッコミ担当のハロルド白石《しろいし》が尋ねると、ボケのゴリ夫は重々しく答える。ハロルドの方には若干茶化すような雰囲気があったが、マリスタのファンらしいゴリ夫には、あまりそれに応える余裕がなさそうだった。

『今彼女を責めるようなことを言ってるのはね、どうせCDを買ったこともないようなヤツらですよ。ヤフーニュースとワイドショーでマリスタを知った気になってる、ツイッターで匿名アカウントをわざわざ作って有名人に絡んでくる、そういう卑怯《ひきょう》なヤツらです』

『……すみません、前言撤回です。ゴリ夫さァん、全然冷静じゃなかったですね！』

騒動に便乗してりさを非難する人たちに対して、ゴリ夫は静かに怒っていた。炎上の気配を感じたハロルドは精一杯ゴリ夫をなだめ、なんとか場を落ち着かせようとしている。

『まぁその、彼はガチのファミリアなのでね、今はちょっと荒ぶってしまっているんですけども……ゴリ夫さんこれね、お昼どきのラジオですよ。深夜二時じゃないの』

ハロルドは冗談めかしながら、おそらく半ば本気でゴリ夫を叱責《しっせき》していた。それでもゴリ夫は止まる気配がない。

『いや、これは言わなきゃ駄目なことだから。りさりさの仕事量知ってたらね、責めたりなんかできないって』

『……まぁ確かに、めちゃくちゃ忙しそうだったもんなぁ』

ゴリ夫を抑えられないことを悟ったハロルドは、彼の話に乗ることにしたようだった。少しの空白があった後、ハロルドの方が流れるようにエピソードトークをしはじめる。

『りさりさってもう、めちゃくちゃいい子でね。三年前くらいかな。仕事でご一緒させてもらった時も、俺たちみたいな無名芸人にまで、りさりさは楽屋にわざわざ挨拶とか来てくれてたんですよ。それでこのゴリ夫くんは、完全にファンになってしまったんですけれども。いやぁ……だからよけいに、このまま卒業とかなっちゃったら悲しいよね』

『それはね、本人が決めること。卒業するかどうかは、りさりさだけが決められることだから。俺たちは、その決定に黙って従うべきなんだよ』

ハロルドは何気なく尋ねたが、その話題は今のゴリ夫にとってあまりにセンシティブだったようで、色をなして反論されていた。ハロルドは困った声で「なるほど」「たしかにね」などと精一杯の相槌を打ち、リスナーを意識して話を続けた。

『あのーすみませんね、ボケがまったくボケてくれないので、「報道ステーション」かってくらいシリアスな雰囲気になっちゃってますけども、いつもはこういう番組ではありませんのでね！』

トンネルを通過するタイミングでラジオの入りが急激に悪くなり、通過と同時に「白峯《しろみね》市」と書かれた緑の標識が見える。白峯市は、舞楼市と宇多莉町の間に位置する自治体だった。

ざらざらと雑音を流し続けるラジオを一度止め、佑太は自動で周波数を合わせるようカーラジオを操作する。

「ゴリ夫さん、いい人でしたね」

しばらく無言だったりさは、ラジオの内容を聞いていたらしく、しみじみとした口調で言った。

「不器用だけど、いいヤツだったな」

そう言ってりさの言葉に小さく頷く。ゴリ夫という芸人については舞楼市出身であることと以外何も知らなかったが、りさの今後を本気で応援してくれていることは、短い会話の中で伝わってきた。

「アイドルって、なんで卒業するんでしょうね」

短い沈黙の後、りさはぽつりとつぶやいた。

「なんでって……」

今の常盤木りさを相手にして、佑太がその質問に答えるのは荷が重かった。何も言えずにいると、りさが真剣な口調で続ける。

「『卒業』って、ほんとは学校の終わった方に使う言葉ですよね？　アイドルって、学校なんでしょうか」

もっと深刻なことを尋ねられると思っていた佑太は、りさの問いかけに少し安心する。

どうやら、アイドルの「卒業」という表現が、言葉として変ではないかと言いたいらしい。

アイドルグループの中には、「恋愛禁止」のように校則めいたものがあるのは事実だったが、「アイドルグループ＝学校」という説明にはたしかに違和感があった。

「どうだろうな。校長先生とかいないだろ？」

「いないですけど……そんな感じの方はいます」

「萬城目？」

「名前はちょっと、アレなんですけれども」

正直に困った顔をするりさの表情を見つつ、これは意地の悪い質問だったと思う。

平日で交通量の少ない車道に目を戻しながら、佑太は少し真面目に「アイドルグループが学校ではない理由」について考え始めた。

「カリキュラムがないから、やっぱり学校ではないよな。何年で卒業とか、元から決まってないだろ」

「たしかに、そうですね。卒業のタイミングって本当にいろいろなので……マリスタも元々十三人だったんですけど、デビュー直後にちょっとよろしくない方とのお付き合いが判明して、一週間で卒業してしまった方がいますし」

りさに言われて、数年前にネットでその件が話題になっていたことを思い出す。マリア・シスターズにはデビュー一週間で「卒業」が発表され、そのまま姿を消してしまった荏田有美子《えだゆみこ》というメンバーがおり、その名前の響きとマリスタの宗教的なコンセプトから「ユダ子」というあだ名がつき、ネットの一部でカルト的な人気を得ていたのだった。

「あれは、卒業っつうより退学だよな」

「退学」

りさは、少しショックを受けたような表情で繰り返した。今の彼女相手にこの話題はあまり広げない方が良い気がして、佑太はしばらく口を噤《つぐ》む。カーラジオは、先ほどまでとは別の音楽番組に周波数を合わせていた。車内には、若くして亡くなった往年の人気ミュージシャンが、荒れた学校生活を情熱的に歌いあげるハスキーな声が響いている。

「……支配から、卒業すんのかな」

夜の校舎での器物破損を告白する歌詞を聞きながら、思いつきをつぶやく。それと同時に、後部座席からは大きな反応があった。

「なるほど！」

佑太がこれまで聞いた中で、一番大きなりさの声だった。バックミラーで確認すると、眼鏡姿のりさは「長年の疑問が解けた」という表情で、目を輝かせている。

「うちのアイドルグループを仕切ってる偉い方って、『支配人』って肩書きなんですよ。私たちのこと、支配してるからだったたんですね！」

「……まぁ、そうかもな」

その名称には何か違う命名理由がある気がしたが、活《い》き活きと話すりさに水を差すのは悪いと思い、調子を合わせる。

「この支配からの、卒業」

りさは、ラジオから流れる曲をしばらく黙って聞いた後、少し節をつけて言った。

自分はりさにとんでもないヒントを与えてしまったのではないかと思いつつ、佑太は、分岐が見えてきたサービスエリアに向けて、小さくハンドルを切った。

『……過激派組織「星の守り人」が最高指導者・セラニナンカ容疑者の約二年ぶりとなる新たな映像を公開しました。映像の中には今後のテロ行為を予告するような内容も含まれており、関係機関は警戒を強めています』

通話を終え、サービスエリアの食堂に戻ってくると、隅に取りつけられている薄型テレビが不穏なニュースを伝えていた。平日の昼下がりということもあり、白峯サービスエリアにはほとんど人の姿はない。その片隅に変装姿のままのりさを見つけ、席へと戻る。りさは佑太が戻ってきたことにも気づかず、黙ってテレビ画面を見つめ続けていた。

『セラニナンカ容疑者は、映像の中で「劣った種族が優れた種族を支配する、歪んだ世界は必ず終わる」と述べ、日本の国会議事堂の写真を背に「偽りの共生を謳《うた》う祭典を、始まる前に終わらせる」と語りました。映像の公開を受けた、政府と各党の反応です』

「セラニナンカ容疑者」とされる人物は、白いターバンのようなものを顔に巻き、X字に交差させた布の間から、ライトブルーの眼を覗かせていた。

言動と服装は中学二年生が妄想を拗《こじ》らせたようなものだったが、声明の内容を考えると、下手《へた》に馬鹿にはできないと思う。画面の映像が切り替わると、今度は記者会見を行う官房長官の姿が映し出された。

『政府としては、強い遺憾《いかん》の意を示すとともに、テロリストの脅迫には断じて屈しないこと、国会周辺の警備をより強化した上で、粛々と通常業務に臨む方針を確認しました』

「午後一時すぎ 首相官邸」の字幕とともに、紋切り型の抗議声明が聞こえてくる。その映像が切り替わると、織部新一朗の厳《いか》めしい顔が大写しになった。

『いつまでも守りを固めるだけでは埒《らち》があかないですよね。異星人問題について今求められているのは、攻めの姿勢ではないですか』

織部の主張は不穏だったが、「予定調和」の印象を与える政府側の抗議と比べると、国民の心をつかみそうな雰囲気はあった。

『続いてのニュースです。首相官邸前で、今週末から開催される予定の「清火リレー」への反対を表明するデモが行われました。主催者発表では、このデモに……』

りさはテレビから目を離さず、悲しげな表情を浮かべている。テーブルにはなぜか、先ほどまで無かったはずの警視庁のチラシが置かれていた。表面には、赤い大きな文字で「その人、テロリストかも？」と書かれている。

「これ、りさが持ってきたの」

「あっ、はい」

佑太が名前を呼ぶと、やっとりさは反応を示した。その顔色は蒼白《そうはく》で、心なしか声も弱々しく聞こえる。またりさが一点を見つめて動かなくなってしまったのを見て、佑太は異変を感じざるを得なかった。

「りさ、大丈夫か」

「あっ、はい」

先ほどとまったく同じ返事をするりさを見ながら、これは大丈夫ではなさそうだと思う。その内心が顔に出ていたのか、りさは佑太の表情を見ると、慌てて握手会の頃と同じ笑顔を見せた。

「ちょっと暑くて、ぼーっとしてました。私たち、高温に弱いので」

りさはそう言って、両手で顔を小さく扇いだ。フーバー星人が、元いた星の気候とのギャップで暑さに弱いとは聞いたことがあったが、サービスエリアの店内は空調が効いていて、とても暑いとは言い難い。ニット帽とマスクの影響はあるかもしれないが、それにしても様子がおかしい気がした。

「水持ってくるよ。飯も頼もう」

りさが何かを隠していることを感じながら、今はとにかく、健康な状態で彼女を宇多莉町へ連れていくことだけを考えることにする。

「ラーメンでいいか？」

「……あっ、はい！」

佑太がそう尋ねると、りさは少しだけ元気を取り戻したようだった。

「でも、日本政府の人たちって、優しいですよね」

一心不乱にラーメンを食べきったりさが、ふと思い出したように言う。好物を完食したからか、顔色は前より良くなっていた。

「なんでまた」

官房長官のヒットマンのような眼差《まなざ》しを思い出しながら、政府に優しさを感じるような場面があっただろうかと思う。りさは佑太の目をまっすぐに見ながら、話を続けた。

「あんなに乱暴なことを言われてるのに、『イカンのイ』しか示さないじゃないですか」

りさがなかなか好戦的なことを言うのを意外に思いつつ、佑太は慎重に答える。

「まぁ、揉《も》め事には慎重な国なんだよ」

りさは神妙な顔で頷いた後、またこちらを見て尋ねてくる。

「これまでに、『イカンのカ』が示されたことって、あるんでしょうか」

「か?」

尋ねられていることの意味が分からず、思わず問い返す。りさは少し申し訳なさそうな顔をした後、補足説明をはじめた。

「その、今は『イカンのイ』ですけど……もっとひどいことをされた時は、やっぱり、次の文字が出てくることもあったのかな、と思いまして」

少し悩んでから、りさが言いたいことをやっと理解する。彼女は、日本政府が怒りの段階に合わせて、「イカン」の文字を前から順に示していると思いこんでいるらしかった。

記者に向かって「イ」の文字を高々と掲げる官房長官の姿を思い浮かべつつ、誤解を解く前に尋ねてみる。

「『イカンのン』が発表されたら、どうなるんだよ」

「核攻撃、ですかね」

真剣な表情でそう答えられ、思わず吹き出す。不思議そうな顔をしているりさを見ながら、この勘違いは、きっとこのままにしておいた方が良さそうだと思った。

「『イカンのン』、示されないといいな」

「ほんとですね」

りさは真面目な顔で頷くと、机に持ってきてあったチラシに目を落とす。危険人物を探すにしては妙にポップなフレーズの下には、現在指名手配されている人物の名前と所属、肖像画が描かれていた。指名手配犯三名のうち二名は、フーバー星人によって立ち上げられた過激派組織「星の守り人」の一員だった。

「でも、フーバー星人もいろいろだよな」

芸能界で活躍し、多くの地球人に愛されているりさのような人物もいれば、地球人を標的にする過激派テロリストになっている人物もいる。その事実だけをとっても、一口に

「宇宙人」とまとめて彼らについて語るのは無理があるように思えた。りさはわずかに頷いた後、上目遣いに佑太を見る。

「そういえば、お電話はだいじょぶでしたか?」

「あぁ、うん。全然大丈夫だった。『何食いてえんだ』って言われたから、そんな気ぃ遣わなくていいって言っといたよ。……じいちゃんたち、はりきってるらしい」

出発前に相談した結果、清火リレーの影響でホテルが取りづらくなっていることもあり、宇多莉町への滞在中は祖父母の家に泊めてもらうことにしていた。出発前に久々の電話をすると、祖父の佑蔵は「孫の頼み断るじいさまがいるわけねえべや」と、こちらの事情をほとんど聞くこともなく、二つ返事で佑太のお願いを受け入れてくれていた。

「ありがたいですね。突然のお願いだったのに」

「まぁ、ヒマなんだろ」

身内なので軽く突き放したことを言いつつ、二人は元気だろうかと思う。

宇宙船の漂着当初、有史以来はじめての事態の発生で、国の対応は混乱していた。

「宇宙船とその燃料が、人体にどのような影響があるか分からない」という理由から、宇宙船の漂着位置から二十キロ圏内の地域は、政府によって「危険区域」に指定され、宇宙船の一キロ圏内にあった佑太の自宅はもちろん、漂着位置からちょうど二十キロの位置にあった祖父母の家も、政府の勧告で立ち退《たちの》かざるを得ないことになった。

それから両親は祖父母とともに宇宙船から五十キロ以上離れたときわ市に移住することを決め、しばらくは共同生活を続けていたが、事故から五年後に「漂着現場から五キロ圏外に自宅がある国民」に対して帰宅許可が出たことを機に、祖父の佑蔵と祖母の政子《まさこ》は、元の自宅へと戻っていたのだった。

「きっと嬉しいんですよ。家族に会えて」

そう言って、りさは柔らかい笑みを見せる。ただその声は、どこか憂いを帯びていた。

「……りさの家族って、今はどうしてるの」

不躾《ぶしつけ》な質問だと思いながら、それが今の彼女と無関係ではない気がして尋ねる。りさはわずかに沈黙した後、口を開いた。

「車の中でお話した『知ってる人』ですけど……あれは、父のことなんです」

グラスの中の氷に目を落としながら、りさは話を続けた。

「父は元々、フーバー星で科学者として働いていて、あの宇宙船の設計にも深く関わっていたんだそうです。それで、地球の方々も、正体不明の宇宙船が落ちてきてしまったことで相当困っていたみたいで……父は日本の政府のみなさんに雇われて、宇宙船の構造ですとか、フバニウムの構造ですとか、そういうものを解説して、いろんなことを元に戻すための研究を、今も東京でしています」

りさはところどころ言いよどみながら、自身の父親について語った。

黙って話を聞きながら、彼女がフーバー星人と「保護費」について、詳しく知っていた事情を理解する。再び口を開いたりさは、今までになく苦しげな表情を浮かべていた。

「ただ……兄は、父がそうして日本の政府に雇われてお仕事をしていることをまったく良いと思っていなくて、私たちとはずいぶん前から離れて暮らしてるんです。私と母は仲良しで、今もお休みが取れたときは、二人でお買い物に行ったりするんですけど」

日本政府から「保護費」を受けて仕事を続ける父と、それを快く思わない兄。複雑なりさの立場に同情しながら、気になったことを尋ねる。

「お兄さんは、今はどこにいるの？」

その顔色が再び蒼白に変わっているのを見ながら、自分がなにげなく尋ねたことが、彼女にとって何か重大な意味を持っていることに気づく。

「……他の人には『知らない』って言ってるんですけど、ユウタさんには、教えます」

りさは伏せていた目を佑太に向けると、小さく震える声で言った。意を決したように唇を結ぶと、手元にあるチラシを指し示す。

「兄は、ここにいるんです」

りさの震える指先には、テロリスト集団「星の守り人」の名前があった。

九．ゲートウェイ

「すみません。さっきは、驚かせてしまって」

「……いや、慣れてきたよ」

申し訳なさそうに言うりさに、本心からそう告げる。衝撃的な事実を告げられた佑太は、動揺を抑えつつ「これ以上ここで話を続けるのは良くない」とりさに伝え、二人で車へ戻っていた。

レンタカーは白峯サービスエリアの駐車場を出発し、宇多莉町へと向かっている。高速道に合流し、「宇多莉 37㎞」と書かれた緑色の看板が見えたところで、気になっていたことを後部座席に尋ねた。

「りさが言ってた『会いたい人』って、お兄さんのことか」

「……はい。ガイ・タティスカンナ・ワギトといいます。今まで隠してて、すみません」

そう言って、りさはバックミラーから消えてしまうほど深く頭を下げた。

「いや、いいんだ。むしろこのタイミングで、良かった気がする」

もし初めてりさと会ったネットカフェや、宇宙人だと告白された自室で兄の件まで吐露されていたら、臆病者《おくびょうもの》の自分がりさへの協力を申し出られていたかは自信がなかった。

りさの心の内を聞いて、宇多莉へと向かいはじめてからは、どれだけ想定外の秘密が明かされても彼女の力になるつもりでいた。ただそれにしても、りさが明かす秘密には毎回インパクトがありすぎることも事実だった。

「逆に、今までよくバレてないよな」

これまで聞いたりさに関する情報は、どれもゴシップとしての価値がすこぶる高いことは確かで、これまで芸能記者などに嗅《か》ぎ付けられていないことが意外だった。バックミラーに復帰したりさは、鏡ごしに佑太を見つめながら、小声で話しはじめた。

「あ、それは、私が所属している事務所が、メディアにとっても強いので」

「……強いの」

「はい。激つよです」

りさは具体的なことを何も言わなかったが、それでも不穏な空気は察せられた。

「その、これは校長先生的な方が仰っていたお話なんですけど……うちの事務所さんは、所属してるタレントのひどいゴシップを出した会社には、きちんとワビを入れに来ないかぎり、お仲間のテレビ局や雑誌にも一切所属タレントを使わせない、ということをやってきたんだそうです」

「それって……」

「いわゆる、報復ですね。アベンジャーズです」

そんな陰湿なアベンジャーズがいてたまるかと思いながら、りさから聞いた話について考える。彼女が所属する事務所には、雑誌の表紙や番組のメインMCを担当するような「超」のつく有名人が多数所属しているはずだった。その有名人を誰《だれ》も起用できないとなれば、企業へのダメージは計り知れない。りさはのんびりとした口調で、業界の黒い事情をさらに明かした。

「この報復をやられた会社はみんな潰れたか傾いたそうで、私のアレな情報も、そんな感じで守ってもらえてたみたいです。ただ、そういうアベンジャーズに屈しない皆様もいるので……『東京スポーツ』って新聞には、私が宇宙人って話、ふつうに載ってましたね」

「マジかよ」

いつも過激で荒唐無稽《こうとうむけい》な見出しが並んでいる「東スポ」の表紙を思い出しながら、「正しいのは日付だけ」と言われるあの新聞にも、本物のスクープ情報があったのかと驚く。

どれだけ大手の芸能事務所が相手でも、圧力が通用しないアウトローというのは存在するらしい。だが、そうしたメディアでも触れない程度にアウトローな存在が、りさの兄には関《かか》わっていた。

「お兄さんの話だけどさ……宇多莉にいるのは、確かなの」

「そうですね、それは確かです」

もう一つ気になっていたことを尋ねると、りさは意外にも、すぐに頷《うなず》いた。

「でも、あの動画だと、国会議事堂の写真なんかが映されてて、明らかに『ここを狙《ねら》ってやる』って感じだったろ？　お兄さんも、東京にいるんじゃないのか」

過激派組織「星の守り人」の声明を思い出しながら、考えていたことを口にする。

「あれは、陽動作戦です」

「陽動？」

「国会議事堂の写真は、警備を東京に集めるためのエサだ……って、兄が」

「それ、お兄さんから直接聞いたのか」

佑太がさらに質問をぶつけると、りさは素直に頷き、ニット帽を少し持ち上げるような仕草をした。その仕草で、平均的な地球人よりやや尖《とが》った印象の耳が露《あら》わになる。りさは自身の耳に軽く触れると、バックミラーごしに佑太の方を見た。

「佑太さんは、『誰もその場にいないのに会話してる方』って、見たことありますか？」

「あぁ……今はけっこう多いよな。ハンズフリー会話だっけ」

目を車道に戻し、なぜ今それを聞くんだろうと思いつつ答える。

最近は街を歩いていると、携帯電話を構えている様子もないのに、見えない相手に向けて話をする人たちが目につくようになっていた。はじめは異様に思えたが、ネットで調べてみると、マイク付きのイヤフォンを使って「ハンズフリー」で通話を楽しむのが最近のトレンドなのだと知った。そこまでして外で通話をする意味がまったく分からない佑太には無縁な話だったが、世間的には、この通話方法はそれなりに広がっているらしい。

「そのハンズフリーで話してる奴《やつ》らが、どうしたの」

「あの人たち、宇宙人なんですよ」

りさは、唐突に衝撃的なことを言った。

「……いや、待て。ハンズフリー会話してる奴、みんな宇宙人じゃないだろ？」

通話している人たちの中には、明らかに地球人に見える人たちが多かった。佑太が動揺していることに気づき、りさは説明を補足する。

「すみません、ちょっと言い過ぎました。ああしてる方の中に、宇宙人もいるんです」

そう言って、りさは自分の耳たぶに軽く触れる。同時にその表面が青く光ったのを見て、佑太は小さく息を呑《の》んだ。

「地球の方には『ハンズフリー会話です』なんてテキトーなことを言って隠してるんですけど……フーバー星人の耳にはマイクロチップが埋め込まれていまして、相手が一二八メートル以内にいれば、端末なしで会話ができるんです。私たちが来るより昔にこれを使っていた先祖を見て、昔の地球の方々は、『テレパシー』ってものを信じちゃったそうで」

りさは、少しだけ申し訳なさそうにフーバー星人の秘密を語った。素直に驚きつつ、佑太は気になったことを尋ねる。

「一二八メートルって……なんでそんな中途半端なんだ」

「フーバーの単位だとキリがよくて覚えやすいんですけど、こっちの単位に直すと、シンホウがどうとかで変な数字になっちゃうみたいです」

「……あぁ、進法が違うのか」

りさは「シンホウ」という単語を中国人俳優の名前のように発音していたが、一二八という数字を聞いて思い当たる。

フーバー星では二進法が社会全体で採用されていて、そのことがデジタル文明の早期発達に寄与したという話を、以前何かの記事で読んだ覚えがあった。

「じゃあ、その範囲内にいれば、フーバー星人同士は、何の端末も持たずに通信できるってことだよな？　たとえば、りさのお兄さんとも」

「過激派組織・星の守り人」の声明映像がよみがえる。もしそうだとすれば、フーバー星人だけに可能な通信の存在は、単に便利では済まない意味があるはずだった。りさは小さく頷いた後、声をひそめて話しはじめた。

「こっちに来てからは、通信がうまくいかないことも増えてるんですけど……実は三日前、東京でお仕事をしている最中に、突然兄から連絡が入って」

りさはそう言って、しばらく口を閉ざす。三日前といえば、舞楼市で行われた「マリスタ握手会」の前日だった。沈黙したままのりさをミラーで確認すると、彼女の耳が淡く青い光を帯びているのが見えた。

「今、何か聞いてる?」

想像で尋ねると、りさは小さく頷いた。

「はい。過去の通信がここに録音されていて、聞きたいものは、残しておけるんです」

「……それ、いいな」

テロの危険などを一時忘れ、佑太は素朴な感想を口にしていた。過去の会話が、いつでも聞ける。もし自分にその能力があるなら、聞きたい会話がいくつもあった。

「ユウタさんって、フーバー語分かりますか?」

「いや、悪いけど分からない」

そう答えながら、そういえば、この子はバイリンガルなのかと思う。バラエティではその日本語の拙《つたな》さがネタにされていたが、彼女がフーバー語も話せることを考えると、自分を含めた「常盤木りさを笑っていた側」より、彼女の方がずっと賢いような気がした。

「これから、兄の話を日本語に訳すので……ちょっと待ってくださいね」

りさは、自分の能力をひけらかすようなところをまったく見せず、自分のスマートフォンを取り出して何やら作業をはじめる。

再び車道脇《わき》に現れた緑の看板に目をやると、宇多莉町までの距離は、ついに十キロを切っていた。

「できた、と思います」

五分ほど沈黙していたりさが、やや不安そうな声で言った。話を促すと、りさは少し困った表情を見せる。

「……その、私じゃなくて兄が言ったことなので、怒んないでくださいね？」

「大丈夫だよ、怒んないから」

内心、そんな前置きが必要な内容なのかと気後れしつつ、そう答える。

りさは頷くと、まるでそれが義務だと思っているかのように「ゴホン」とわざとらしく咳払《せきばら》いをし、スマートフォンの画面を見ながら話しはじめた。

「……りさ。お前はこれから一週間、宇多莉町には絶対に近づくな。フーバーの誇り高い技術は、地球人の仲良しごっこには断じて使わせない。星の守り人は、フーバーの誇りを取り戻すために、『異星人と地球人の友好』という薄っぺらな嘘《うそ》で金儲《かねもう》けをする地球人に罰を与える。国会議事堂の爆破予告は陽動で、本当の目的は別にある」

りさはそこで言葉を切ると、続く内容を一気に口にした。

「宇多莉町から始まるあの愚かな催しが、始まることはないだろう」

「愚かな催しって……」

前方には、白地に青文字で書かれた「宇多莉町」の看板が見え始めていた。片仮名の

「ウ」をモチーフにした見慣れた町章の傍《そば》には、以前はなかったはずの幟旗《のぼりばた》が延々と立ち並んでいるのが見える。

はためく幟には、「歓迎　宇宙友好博覧会記念　清火リレー」の文字が躍っていた。

十．境界

宇多莉町に入ると同時に、窓の外の風景は一変していた。

間近に迫った「清火リレー」への歓迎ムードを出すためか、町中には至るところに幟旗や横断幕がなびいている。例の宇宙船からはまだ二十キロ以上離れているということもあり、周囲の民家には、ここで日常を暮らす住民や自家用車の姿が見られた。

「なんだか、すんなり入れましたね」

先ほど車内に新たな爆弾を落としたりさは、のんびりとした口調で言う。

「ここまではな」

進行方向にかすかに見える、煤《すす》けたトタン板の壁を見やりながら、佑太は短く答える。車を進めるごとに道は狭まり、車二台がやっと通れるだけのアスファルトを残し、周囲には鬱蒼《うっそう》とした緑が広がっていた。

視線の先では、古びたトタン板の壁によって道が遮られている。壁の前には、紺色の制服を着た警備員が、赤い警棒を掲げて立っているのが見えてきていた。

「帽子とマスク、大丈夫だよな」

念のため後部座席に声をかけると、くぐもった声で返事がある。

「私、しばらく話さない方がいいですよね?」

「……そうだな。悪いけど、検問中はひどい花粉症で頼む」

佑太がそう言うと同時に、車に気づいた警備員が警棒を頭上に掲げた。太い黒縁眼鏡をかけた警備員は両手で警棒の端を持ち、こちらに停止するようサインを送ってくる。

佑太が指示通りにブレーキを踏むと、警備員は運転席のすぐ脇に寄ってきた後、窓を開けるようパワーウィンドウの位置を指で何度も指した。そのやや横柄な態度に不快感を覚えながらスイッチを押すと、警備員は車両にぐっと顔を近づけて話し始めた。

「あのー、すみません! 今ここ、関係者以外立ち入り禁止になってるんですよ!」

眼鏡の警備員は、癖になっているのか、声を張り上げて尋ねてきた。ワゴンRの静かなエンジン音に対してその声量は明らかに過剰で、威嚇するような声だけがあたりに響く。

佑太は内心むっとしつつ、トタン板の壁の方を指して答えた。

「家がこの中にあるんです」

こちらの答えを聞くと、警備員は分かりやすく嫌な顔をした。

「あー、その場合も、許可がないと通しちゃいけないことになってるんですよ! 今ね、清火リレーの準備で、ここは許可のある工事車両しか通れないんで」

「許可って、誰のですか」

「あのー、通っていいって許可です」

警備員は意図的なのか何なのか、答えになっていない回答を口にした。

「……自分の家に帰るのに、どうして許可が要るんですか」

不毛なやりとりに苛立《いらだ》ちを感じ、佑太は思わず本音をこぼしていた。それでも警備員は、据わった目で首を振る。

「そう言われましてもね、そういう規則になってましてて」

さらに反論を試みようとしていると、トタン板の向こうから、濃紺の制服を着た若い男が顔を出した。その表情を見て、佑太は胸にざわめきを覚える。自分の見間違いかもしれない。ただ、それにしてはよく似ていた。

「どうかしたんすか」

「あ、なんか、許可がないのに『家がそこにあるから通せ』って人がいるんですよ」

黒縁眼鏡の警備員は新たに来た男に尋ねられ、佑太にはっきり聞こえるような声でそう説明した。

「そこに家？」

「あ、はい。僕は規則だから駄目だってちゃんと言ったんですけど、全然帰んなくて」

警備員の言葉を最後まで聞かずに、濃紺の制服を着た若い男はこちらに近づいてきた。

男が制服の上から着ている蛍光板付きのベストに「ＰＯＬＩＣＥ」の文字があるのを見て、

佑太は息をつめる。

「あれ、お前……佑太か？」

突然現れた警察官に自分の名前を呼ばれ、佑太は若い男の顔をまじまじと見た。浅黒い顔に、意思の強さを感じさせる鋭い眼《め》つき。それに、拳《こぶし》が一つ入ると有名だった大きな口。どうやら、勘違いではなかったらしい。窓の外に立っているのは、小中学校時代の同級生、赤嶺東人だった。

「東人か」

佑太が小さくそう口にすると、東人は大きく口を開けて笑った。

「いやぁ、変わんねぇなぁ！　どうしたんだお前、久しぶりじゃねえか」

「……じいちゃんに誘われて、一緒に清火リレー見ることになって」

佑太がとっさにそうごまかすと、東人は大きく頷いた。

「じいちゃんって、たまごやの佑蔵さんだよな」

「そうだよ」

青砥姓の家が他にも数件ある宇多莉の地元では、祖父の佑蔵は「たまごやの佑蔵さん」と呼ばれていた。懐かしく思いながら返事をすると、東人はさらに何度も頷いた。

「じゃあここ通りたくもなるよな。昔はこんなじゃなかったしよ」

宇宙船が落ちる前は、町の外から祖父の家に行く場合、この道を通るのが最短ルートだった。東人もそれを覚えていたらしく、頷きながら近況を話しはじめる。

「例の清火リレーのおかげで馬鹿みてぇに忙しくてさ。宇宙人だか要人だか知らねえけどヨソモノがわらわら集まってくるから、外から警備員も呼んで、やたら厳しく検問やってんだわ」

子どもの頃からあった東人の訛《なま》りはさらに強くなっていた。その声を聞きながら、東人は昔から、宇多莉町への愛着が人一倍強かったことを思い出す。

「そうか……東人、警察官になったのか」

「あぁ。いつもは横ちゃんと交番でテキトーにやってんだけどな、今はこんな調子でよ」

感慨深げにそう言うと、東人は大げさに儚《はかな》んでみせた。上司であるはずの横田さんを昔と同様「横ちゃん」と呼んでいるのを聞きながら、どうしようもなく懐かしい気持ちになる。東人はふと後部座席の方に目をやると、軽い調子で尋ねてきた。

「……彼女？」

「いや、彼女っつうか」

「あぁ、嫁さんか」

佑太は突然訪れたピンチを、東人の誤解で脱していた。東人の理解には相当に問題があったが、今はこのままやりすごそうと小さく頷く。

「んじゃあ、今のうちさっさと通れ。見つかるとめんどくせえからな」

東人はそう言うと、眼鏡の警備員に早口に説明し、壁の間を開けさせた。佑太は礼を言って、窓を閉める。走り出してしばらくすると、後部座席のりさが小さく咳払《せきばら》いをした。

「お知り合いですか?」

「うん。赤嶺東人って言って……小学校と中学校の同級生。っても、クラスなんてなかったから、同級生って言い方でいいか分かんねえけど」

宇多莉町では二十年以上前から過疎化が進行していて、一学年の生徒の人数は多くても十五人程度だった。そのため、「クラス」という概念は元から存在せず、同学年の生徒は同時に同級生でもあり、佑太を含めたほとんどの生徒は、全校生の名前と顔が一致するくらいには親密だった。

「同級生が、おまわりさんなんですね」

「うん、俺も知らなかった。地元に就職したとは聞いてたけど」

何気なくそう答えた後、りさが今、改めてそう確認した理由に思い当たる。

「ちょっと、りさに確認したいことがあるんだけど」

だんだん大きく見えてきた祖父の家に視線をやりつつ、後部座席に向かって言う。

「りさは、お兄さんに会いたいんだよな」

「はい、そうです」

「お兄さんは『星の守り人』の一員で、清火リレーを襲う気なんだよな」

「……たぶん、そうです」

町に入る前に発覚した恐ろしい疑惑を、なるべく何気ない口調で確認する。りさが改めて頷いたことを確認し、佑太は、覚悟を決めて次の質問を発した。

「それで……りさはこれから、どうしたいんだ」

祖父の家に着いてしまわないよう、少し車のスピードを緩めながら、バックミラーを確認する。その表情を見る限り、りさの決意はすでに固まっているようだった。

「兄に会って、清火リレーの襲撃を止めたいです」

透き通るように美しいライトブルーの瞳《ひとみ》には、青い炎が宿っていた。小さく頷いた後、偶然再会した東人の顔を思い浮かべながら、もう一つ重要なことを尋ねる。

「お兄さんを……警察に見つけてもらうのは、ありなのか」

「できれば、警察に見つかる前の兄と会いたいです」

りさの胸の内は決まっていたようで、すぐに答えが返ってくる。自力でテロリストの兄を見つけて、その犯行を止める。りさと兄が自分たちにはない接点を持っていることを考慮に入れても、これはとてつもなく難易度の高い目標のはずだった。

「会えるかな」

「会えると思います」

りさは、熱のこもった声でそう口にすると、小さく、ぽつりと加えた。

「家族なので」

りさの言葉に頷きながら、無言で窓の外に広がる風景を見つめる。

あの宇宙船が落ちてきたことで、佑太と家族の暮らしは大きく変わっていた。ただ、変わってしまったのは、あの宇宙船に乗っていた家族の暮らしも同じだったのだと気づく。

「手伝うよ」

無謀なりさの願いに、改めて助力を申し出る。

「……やっぱり、ユウタさんは優しいです」

りさの言葉が聞こえなかったふりをして、アクセルを踏みこむ。この旅の終着地点は分からない。それでも、不思議と怖いとは思わなかった。


宇宙船の漂着地点から二十キロ圏内に入ると、周囲の風景は、町に入った当初とは変わり始めていた。道路脇に生える葦《あし》は見たことのないほどの高さまで伸び、水田だったはずの場所には、野放図に柳が生育している。見かけた住宅には、入口に灰色のバリケードフェンスが置かれていた。

その不穏な光景に行く先への不安を募らせていると、急にずいぶんと手入れの行き届いた畑が見えてきた。それが祖父の家のものだと気づくと、自分の気持ちが落ち着いていくのが分かった。

「着いたよ」

見慣れた青い瓦屋根《かわら》が視界に入ったのを確認し、後部座席に声をかける。無言で窓の外を眺めていたりさは、運転席の肩にそっと手を乗せると、前のめりに尋ねてきた。

「私、佑太さんのお嫁さんでいいですか？」

その言葉を聞いて、佑太はしばらく口の利き方を忘れた。

「……待ってくれ。どうした、突然」

顔の方に血液が集まっていくのを感じながら、やっとの思いで言葉を返す。りさは佑太が動揺している理由に気づき、急に恥ずかしさを覚えたようだった。

「あの、さっき赤嶺さんにそう聞かれて、ユウタさんが頷かれていたので……佑蔵さんたちの前でも、そのままで行くのがいいのかな、と思いまして」

「悪い、そうだった」

わずかに頬《ほお》を染めながら説明するりさに、慌てて詫《わ》びる。過剰に反応してしまったことを気まずく思いながら、改めて祖父母にどう話すのがいいか考えはじめた。

電話では、説明の仕方に困り「自分以外にもう一人行く」としか伝えていなかった。ミラーでりさを確認しながら、今の彼女の服装は、祖父母には刺激が強そうだと思う。

「変装セットは全部脱ごう。あとは……じいちゃんたちに紹介する前に結婚してるのはまずいから、結婚を前提に、お付き合いしてる。そういうことで、いきましょう」

「……はい」

りさは、これまでよりずっと小さな声で返事をする。そのやや照れたようなささやきに、佑太は、胸がざわめいてしまうのを感じていた。

砂利の敷かれた坂道を登り、広い敷地にワゴンRを駐車する。車を降りてまもないうちに、カラカラと引き戸の開く音が聞こえ、立派な平屋の玄関から、小豆《あずき》色の開襟シャツを着た祖父の佑蔵が姿を現すのが見えた。

「おぅ！　しばらくぶりでねえの」

シャツの袖《そで》をまくった佑蔵は、張りのある声で言った。

「ひさしぶり」

ぶっきらぼうに言って、祖父を見る。昔は炭鉱夫としてならしたという佑蔵の腕は、八十歳を超えた今も逞《たくま》しかった。

子どもの頃、佑蔵に腕相撲を挑んで一度も勝てなかったことを思い出しながら、静かに頷く。佑蔵の姿を見て初めて、佑太は自分が故郷に戻ってきたことを実感していた。

「おぅ、舞楼から来たんでは疲れたべ、ジュースあっからよ、中さ入れ」

佑蔵は白髪《しらが》の下にくしゃっとした笑みを浮かべると、威勢よく頷く。佑太が二十四歳になった今も、ジュースを用意しておけば喜ぶだろうと思っているのがなんだか可笑《おか》しくて、自然と笑みがこぼれてしまう。それから佑蔵の眼が自分の背後に向き、その表情が徐々に変わっていくのを見て、自分がやらなくてはいけないことを思い出した。

「ごめん、ちゃんと説明してなかったんだけど……彼女の、りさ」

「はじめまして。常盤木りさと申します」

マスクと眼鏡を取ったりさは、そう言って深々と頭を下げた。久々に変装をすべて外したりさの姿を見て、改めて、ステージ以外の場所では場違いに感じられるほどの美人だと思う。佑蔵も似たような感想を抱いているらしく、目を何度もしばたいていた。

「いやいや、たまげたな」

佑蔵がそう言いながら、りさの眼をしげしげと眺めていることに気づく。カラーコンタクトがなくなった今、りさの両目は元のライトブルーのままだった。こちらから何か言うべきかどうか悩んでいると、佑蔵は何か自分で納得したように頷き、りさへ声をかけた。

「わがった、あんたも中さ入れ。お菓子あっからよ」


「……あらまぁ」

居間にコップを並べていた祖母の政子が、玄関から入ってきたりさを見て発した第一声はそれだった。

「テレビに出てる方よね？　ＮＨＫの」

訛りの強い佑蔵に比べると、十歳近く年下で温厚な政子の話し方はごく丁寧に聞こえた。その政子が珍しく驚いた様子で尋ねるのを見ながら、佑太は常盤木りさの知名度の高さを思い知る。

「はい。最近、クイズ番組に出させてもらって……全然、当たらないんですけれども」

りさが謙遜《けんそん》しながら答えると、やや険しい顔をしていた佑蔵が目を見開く。

「NHK？　そら大したもんでねえの」

佑蔵は感心したようにそう言ってりさの顔を見た。どうやら、田舎におけるNHKの絶大な信頼感が、孫が突然連れてきた女性の不信感を上回ってくれたらしい。

「やっぱりそうよねぇ。私、あの番組好きで、最近は毎週見てるのよ。あなた、若いのにとっても礼儀正しいし、いっつも一生懸命だから、好きで応援してたの」

「あ、それはそれは、ありがとうございます」

りさは、やや緊張したぎこちない声で言うと、深々と頭を下げた。その様子を穏やかな笑顔で見守っていた政子は、りさの顔を見て、少し不思議そうな顔をする。

「でもあら……目は、今日はどうしたの？」

政子が悪気なく発した質問で、場の空気が変わる。りさは困ったような笑顔を浮かべていたが、すぐに、意を決したように話し始めた。

「すみません、元々、こういう目なんです。実は私……宇宙人で」

「……あらぁ。そうだったの」

りさや佑太が恐れていたほど、政子の反応は大きくなかった。宇宙船漂着後の宇多莉町にしばらく住んでいるからか、フーバー星人のことはどうやら見慣れているらしい。何度か確認するように頷いた後、小柄な政子は、見上げるようにしてりさに尋ねた。

「でも、テレビにも出てる宇宙人さんが、どうしてうちなんかに」

りさは一瞬助けを求めるようにこちらを見たが、佑太が小さく頷いたのを見て、自分の言葉で話し始めた。

「ユウタさんが、私が大変な目に遭っているところを助けてくださって。それで、それから……お付き合いさせていただいているんです」

「あら！」

政子の口からは、今日一番の「あら」が出た。佑蔵も驚いた表情で、りさと佑太の顔を何度も見比べている。その視線を面映《おもは》ゆく感じていると、りさがさらに説明を加えた。

「今日も、私が行きたいって言って、無理に連れてきていただいて」

「佑太……お前は、罪な男だな」

佑蔵に喜びと怒りの混じったような声でそう言われ、佑太はぎこちない笑みで場をごまかす。政子はりさの言葉に頷くと、また彼女に話しかけていた。

「そうだったの。でも、宇宙人さんにしては、日本語が本当にお上手ねぇ。とっても聞きやすいもの」

「あ、ありがとうございます。十歳のときから、一生懸命練習しまして」

「あらそう。今はおいくつなの？」

「二十歳《はたち》です。なので、地球と日本は、十年目です」

「あらぁ、そうだったの」

政子はりさのことをすっかり気に入ったらしく、健気《けなげ》に質問へ答えるりさの表情を見ながら、笑顔で何度も頷いていた。

「何もないところですけど、ゆっくりしていってくださいね」

政子は丁寧にそう言うと、落ち着いた足取りでまた台所の方に戻っていった。


掘り炬燵《ごたつ》に入り、改めて祖父母の家を見回す。

地元企業の名前が入った日めくりのカレンダー。佑太が子どもの頃に行った花火大会の写真。佑太の名前が達筆な筆文字で書かれた、やや黄色味がかった命名書。角に置かれた大型テレビだけは新しくなっていたが、他の家具は驚くほど昔のままだった。テレビ脇の棚には、十年以上前に撮られた佑太たちを含めた家族三世代の集合写真が飾られている。

「佑太。お前、あの子と来たのは……駆け落ちか？」

「え？」

りさが政子に付き添われてお手洗いに席を立ち油断していたところに、佑蔵から突然質問が浴びせられる。尋ねられた意味が分からず、佑太が何も答えられずにいると、佑蔵は真剣な顔で話しはじめた。

「佑作《ゆうさく》らにいじめられでもしたのかと思ってよ。テレビに出てるような人らは平気なのかもしんねえけどよ、宇宙人って言われたら、宇多莉の人らはみんな驚くべや」

どうやら佑蔵は、佑太が父親たちに交際や結婚を反対されて、この場所へ逃げてきたと思っているらしかった。

「親父には、まだ言ってない」

何をどこまで話そうと思いつつ、親父の名誉のために「いじめられた説」は否定する。

「あぁ、それでか」

そう言うと同時に、佑蔵はなぜか納得したような顔になった。こちらが何か弁明する前に、佑蔵はごつごつとした手を佑太の肩に置き、まっすぐに佑太の方を見る。

「わがった。今どきはいろいろ事情があんだべ。じいちゃんらは、ずっと味方だからな」

「……うん。ありがと」

佑蔵が、りさと佑太について何か勘違いをしていることは確かだったが、今はこの誤解を解かない方がいいと思い、真面目な顔で感謝を告げる。お互いに頷きあった後、佑太は話題を変えることにした。

「じいちゃん、こっち戻ってきてから元気か」

「元気も元気だ。帰ってきたら腰もいい塩梅《あんばい》に治ってよ、『フバニウム効果でねえか』って向かいの敏夫《としお》さんと笑ってたんだわ」

佑蔵は一部の人に聞かれたらひどく怒られそうな冗談を言い、豪快に笑った。佑太もつられて笑いつつ、道中で見たバリケードフェンスのことを思い出す。

「なんかさ、来る途中に柵《さく》みたいなのがある家あったけど……あれって、どうしたの」

「あぁ、誰も帰ってきてねえ家はあのままにしてんだな。泥棒入っからよ」

「泥棒？」

「んだ。人いねえって分かってっからな。宇宙船落ちてからしばらくは、どっからか来た泥棒が物取りに来てたんだと。うちもよ、ペンチだの缶詰だの、大したことねえもんは盗まれてんだわ」

佑蔵はやや諦《あきら》めたような口調で、自分の家の被害を話した。

「……ひでぇやつらだな」

困っている人間に付け込むような話を聞き、佑太は腹の底から怒りが湧《わ》くのを感じた。

「この町のやつらではねえべな。そんな真似《まね》したら、罰《ばち》当たるって思わねえんだからよ」

答える佑蔵の口調は落ち着いていたが、その言葉には静かな怒りが込められていた。佑太は話に頷きつつ、さらに気になったことを尋ねる。

「戻ってきてる人って、あんまり多くないの」

「帰ってきてんのは年寄りだけだな。敏夫さんげは息子は戻って来たくても嫁さんが止めてんだと。子どもの学校は都会のが良いし、こっちさはフバニウムもあるってんで、まあ、無理もねえべな」

宇宙船の漂着地点から五キロ圏外にあるこの地域は、公的にはすでに帰宅が許されていたが、様々な事情で実際に戻ってきている人は少ないようだった。八十歳を過ぎた佑蔵の口から出るはずもなかった化学物質の名前を聞きながら、改めて、たくさんのことが変わってしまったのだと思う。

「じいちゃんは、怖くないのか」

血管の浮いた佑蔵のたくましい腕を見ながら、他の誰にも聞かなかったことを尋ねる。

佑蔵は破顔すると、威勢の良い声で話し始めた。

「元から身体《からだ》のどこもかしこもおかしくなる歳《とし》なんだからよ、今さら宇宙船だのフバニウムだの降ってきたくれえで、なんちゅうことねえべな」

佑蔵は言いながら天井の梁《はり》の方を見上げ、少しだけ声のトーンを落として続ける。

「俺らはこんだけ生きたら、もういつ死んだってかまわねんだわ。どうせ死ぬんなら生まれた家で死にてえって、そんだけの話だ」

「……そうか」

佑蔵の話には、フバニウムに関する科学的な理解の欠片《かけら》もなかったが、それでも佑太には、佑蔵の言葉の中に一つの答えを見つけたような気がした。

政子とりさが連れ立って離れから戻ってくるのが玄関の窓越しに見える。

「ただいま帰りました」

りさがぱっと明るい笑顔を見せると、佑蔵はつられて表情を崩した。自然な仕草で佑太の隣に戻り、掘り炬燵の同じ辺に入ってきたりさは、佑太を見てささやくように言う。

「お家《うち》のトイレ、ちょっと、斬新《ざんしん》な形でしたね」

りさの言葉を聞いて、佑太にはすぐにその形が思い浮かぶ。祖父母の家のトイレは、昔ながらの和式便所だった。

「あぁ……大丈夫だった？」

「はい。貴重な経験でした」

りさはそう言って笑顔を見せる。彼女の思考回路にかかると、大抵のことは「貴重な経験」に変換されるらしかった。

「あれ、佑太さんですか？」

テレビの脇に家族写真を見つけると、りさはすぐに尋ねてきた。

「そうだけど」

ぶっきらぼうに答えると、りさは何度も頷く。

「やっぱり。かわいいですねぇ」

「そう、ほんとに可愛《かわい》かったのよ。目がくりっとしててねぇ」

政子はそう言ってしみじみと頷く。本人を無視して幼少期の佑太について語る二人の会話をしばらく聞いた後、りさは「あっ」とつぶやき、スマートフォンを取り出した。

「あの、お二人に、お尋ねしたいことがありまして」

佑太が何のことか理解できないうちに、りさは机の上にスマートフォンを置き、ある画像を表示した。

「家族を探してるんです」

表示された画面には、わずかにうつむいた青い眼の青年が映し出されていた。それが誰かに思い当たると同時に、りさが前のめりに話しはじめる。

「私の兄なんですけど……このあたりで、こういう人を見たことはありませんか？」

「星の守り人」に所属している人間の顔を、こうあっけらかんと簡単に人に尋ねて大丈夫なのだろうか。佑太は戦々恐々としていたが、りさのスマートフォンに表示された男の顔は、サービスエリアにあった例のチラシなどには描かれていないものだった。佑蔵たちも特に抵抗なく、その画像を眺めて首をひねっている。

「このあたりは田舎だからよ、昔は見ねぇ顔はすぐ分かったんだが」

「宇宙船が来てからは、知らない人も増えましたからねぇ」

佑蔵の言葉に頷きながら、政子が付け加える。

「いるとしたら『租界《そかい》』だべな」

しばらく画像を眺めていた佑蔵が口にしたのは、佑太に聞き馴染《なじ》みのない言葉だった。

「ソカイ?」

「あぁ、佑太は知らねぇか」

佑蔵がそう言うと、阿吽《あうん》の呼吸で政子が説明を始めた。

「あれから、このへんもずいぶん変わってねぇ。工事の方とか、国の方とか、宇宙関係のお仕事の方だとか、いろんな方々がたくさん入ってくるようになったからね、その人たちが住む、新しい町みたいなものができたのよ」

「それが、租界?」

その説明だけでは、租界という言葉の意味はよく分からなかった。佑太が尋ねると、佑蔵はしたり顔で頷く。

「外人も日本人もわらわらいてな、建物も新しいのがボコボコ建って、俺が小せぇときに見た『上海《シャンハイ》租界』に雰囲気が似てんだわ。だからよ、俺ら年寄りは租界って呼んでんだ」

「……そうなのか」

「あすこなら、宇宙人ぐれぇ何人いたって誰も気にしねぇべな」

宇多莉町のような田舎では、フーバー星人の姿は本来目立つはずだったが、特殊な事情で宇宙船関係者が集まる場所であれば、事情は異なるはずだった。

「租界って、どこにあるの？」

「コメリのでっけぇ駐車場あったべ。あの周りに今は山ほど建物が立ってな、街みてぇになってんだ。見たらたまげるぞ」

佑蔵は佑太にも分かる建物で位置関係を説明する。瑛介との会話を思い出しながらりさの方を見ると、すぐに熱い視線が返ってきた。佑太は頷くと、二人に向けて言った。

「じゃあ……ちょっと租界、行ってみるよ」

「あら、今から？」

政子は驚いたように言った後、振り返って振り子時計を確認する。時刻は十六時を少し回ったところだった。佑蔵が電話で何を食べたいか尋ねてきたことを思い出し、佑太は二人を安心させるように付け加える。

「夕飯までには、帰るから」

白髪頭を撫《な》でていた佑蔵は、佑太とりさを順に見ると、神妙な顔で言った。

「気ぃつけろよ」

十一・租界

祖父母の家を出てから車で十分ほど走る間、窓の外の風景は急速に変化していった。

元々、田んぼと畑が延々と続いていた道路脇には、真新しい住宅がいくつも建っていて、住居のそばには高級車が停《と》めてある様子がやけに目立った。その住宅群の奥には、祖父母の家のそばで見かけたようなバリケードフェンスと、半ば朽ちてしまったような木造住宅も見える。そのアンバランスな景観を見ながら、佑太の胸の内には「ここはどこなんだろう」という思いが自然と湧きあがってきていた。

「あ、あそこ、コメリって書いてますよ！　おっきいニワトリもいます」

伊達《だて》眼鏡をかけたりさが、助手席から明るい声で言う。租界に向かう前、このあたりでは過剰な変装は逆に目立つという話になり、りさはニット帽とマスクを取った状態で車に乗っていた。彼女の視力はこの星に来てから「二・〇」以外の数値が出たことがないらしく、道中でも、何かを見つけるのは常にりさの方が早かった。

「……これは確かに、たまげるな」

佑蔵の言葉を思い出しながら、そうつぶやく。

租界には、ここが元々人口一万人に満たない町であったことを忘れてしまうくらい、あらゆる施設が存在していた。元は緑色と茶色、それに駐車場の黒くらいしか色彩のなかった店周辺には、色とりどりの建物と、明るいネオンが輝いている。昔は目立っていたコメリの赤いニワトリの看板も、今は相対的に地味に見えた。リラクゼーションサロンと漫画喫茶を併設したスーパー銭湯、全国チェーンの居酒屋と飲食店、ゲームセンター、それに、「キャバレー 異世界」と書かれたピンクの看板。元々、杉林が広がっていたはずの場所が切り開かれ、拡張された駐車場の周縁には、これまで町にはひとつもなかったような店がいくつも立ち並んでいた。

七割くらいが埋まった駐車場の隅に車を停め、降車してしばらくは、呆然《ぼうぜん》と租界の風景を見回していた。すべてが借り物のように思えるその建物群を眺めながら、佑太はここが「租界」と呼ばれる理由を理解できた気がした。

周囲では日本語ではない言葉が自然と飛び交っている。陽《ひ》が落ちはじめ、ますます輝く猥雑《わいざつ》な印象のネオンに彩られつつ、佑太は、租界には他の日本の都市にはない独特の活気があることを感じていた。

「どこから探しましょうか？」

りさに落ち着いた声で尋ねられ、我に返る。昔の様子を知らないからか、りさは目の前に広がる光景に、それほど驚いてはいないようだった。

「まず、あそこでいいか？　買わなきゃいけないものがあってさ」

「あ、だいじょぶです。私も、気になってたので」

佑太がコメリの赤い看板を指すと、りさはニワトリを見つめながら大きく頷いた。


「……たぶん、これだな」

瑛介からのＬＩＮＥを見ながら、佑太は目の前の商品と写真を見比べる。瑛介から紹介された「家庭用フバニウム濃度測定器 コンカウンターＦ」は、「農業資材・肥料・農薬」の棚に無造作に置かれていた。パッケージには、ライトブルーの体温計のような商品写真が載っている。商品が詰まれている棚の鉄枠には、「測って安全、見て安心！　どなたでも簡単に使えるフバニウム測定器！」と書かれた手書きのポップが貼《は》られていた。

商品を手に取り、レジに向かおうとしたところで、りさの姿がないことに気づく。慌てて周囲を見渡すと、りさはなぜか「工具」のコーナーで足を止め、大工道具をしげしげと眺めていた。

「なんか気になるのあった？」

後ろから声をかけると、りさは背筋をびくっと震わせた。

「ユウタさんでしたか」

佑太の顔を確認すると、りさは安堵《あんど》の表情を浮かべ、また工具の方に視線を戻した。

「私、こういうところに来るの初めてで。ちょっとカルチャーショックといいますか……こんなに、ノコギリとか、バールのようなものとか、元気いっぱいに売ってるんですね」

「まぁ、日曜大工やりたい人とかがよく来るからな」

「でも、これって武器にも使えますよね」

りさは真面目な顔で頷いた後、物騒なことを口にした。同じ工具を見ていても、りさの頭の中に広がっている用途は、佑太とはまったく異なっていたらしい。

「これからのこと考えたら、もしかしたら、買っといた方がいいのかな、と思ったり」

「……これからのことって」

過激派組織として繰り返し報道されている「星の守り人」に所属する兄を見つけて、清火リレーの妨害を止める。そのためにりさが描いている想像は、こちらが考えているよりずいぶん深刻なものらしかった。

「こんなこと、考えなくてすむといいんですけどね」

りさは、そう言って淋《さみ》しげに笑う。佑太は自分の持っていた測定器に目を落とした後、ところ狭しと並ぶ工具たちを、りさと並んで無言で眺めていた。

「このへんはねぇ、どこも宇宙人でいっぱいですよ」

「それは、そうですよね」

「人探してんなら、警察行ったほうがいいんでねえすか」

「……それも、そうですよね」

会計を済ました後、佑太はコメリの入口にいた高齢の店員に、この辺りでフーバー星人がよく立ち寄る店について尋ねていた。

心証が悪い気がして、二本のバールを持ったりさは店の外に待たせている。この分だとバールを持って尋ねた方が良かっただろうかと非道なことを考えていると、店員は思い出したように話しはじめた。

「あぁ、あすこの『ぴーぷる』って居酒屋は昔っからこのへんに住んでる夫婦がここに移ってやってっから、町の事情は詳しいですよ。宇宙人に仕事の世話したりもしてんだと」

「……そうなんですね」

「ぴーぷる」という名前には、どこかで聞き覚えがあった。それがどこかは思い出せないまま、佑太は丁寧にお礼を言ってその場を立ち去る。店の外で待たせていたりさは、なぜかビニール袋から片方のバールを取り出し、興味深そうに眺めているところだった。

「りさ、ちょっと」

「あ、ユウタさん」

「それはしまおう、イメージが悪い」

短くそう告げると、りさは素直にバールを袋の中にしまった。袋の中には、バールの他にフバニウム測定器、それにりさがレジに行く途中で見つけた双眼鏡が入っている。佑太は店員から聞いた話を手短に説明し、二人で租界の一角にある「ぴーぷる」を徒歩で目指しはじめた。歩きながら、りさは佑太を見て小首をかしげる。

「バールのようなものって、結局、何なんでしょうか」

「……どうした、急に」

ふいに尋ねられて動揺しつつ、りさがバールを眺めていた理由はこれかと思う。彼女は真面目な顔でバールに目を落とした後、また佑太を見た。

「バールのようなものって、バールではないんですよね」

「そうだな、ようなものだから」

「どうしてそんなあやふやなものが、ニュースやドラマだとよく出てくるんでしょう」

どうやらりさはドラマの台本でその単語を見た時から、ずっと気になっているらしかった。自分に聞かれても困ると思いながら、頭の隅から理由をひねり出す。

「悪いことをやる人間のそばには、よくあるんだよ」

「それは……そばに現れる、ということですか?」

りさの発想は、やはり佑太の常識を超えていた。昔ネットで読んだ話では、諸々の物を壊すためにバールは使い勝手がいいらしく、それで犯罪者の手元には、似たようなものがよくあるということだった。ただ彼女には、そんなダークな話はしないでおこうと思う。

「そうだな……悪いことを考える人のもとには、現れるんだ。バールのようなものが」

「すごい。なんだか、聖なる武器みたいですね」

自分の冗談に乗ってくれたのか、真剣に信じたのか、りさはそう言って佑太を見る。

「何にも聖なるところはないけどな」

くだらないことを話している間に、「ぴーぷる」の建物が目の前に見えてきた。

焦げ茶色の看板は租界の中ではずいぶん地味に映ったが、評判は良いらしく、店舗の周囲にはたくさんの乗用車が停まっている。深茶色のオーク材に銀の取っ手がついた扉を開けると、ドアのベルがカラカラと鳴った。

「いらっしゃいませ！　何名様でしょ」

「あ、二名で」

応対してくれたのは、髪を団子に結った、明るい雰囲気の女性だった。

看板と同じ色のエプロンを着けていて、歳の頃は佑太の母親と同じくらいに見える。佑太が人数を告げると、女性は少し大きな口をにっと開けて「二名で」と復唱した。

「すみませんね、今ちょっと混んでるので、カウンター席でいいですか？」

年配の女性は、ハキハキと言うと、りさと佑太をカウンターへと案内する。その間、女性が自分の顔を何度か見返した気がしたが、きっと見られていたのはりさの方だろうと思い直した。二人ともソフトドリンクを頼んで待っていると、注文から三分もしないうちに、厨房《ちゅうぼう》の方から先ほど案内してくれた女性がドリンクを持って現れた。

「クリームソーダの方？　はーい。オレンジジュースの方？　はーい、どうぞ」

クリームソーダをりさに、オレンジジュースを佑太に置いた後、年配の女性は、改めて佑太の顔をまじまじと見る。どぎまぎしていると、年配の女性は、静かに尋ねてきた。

「佑太くん、よね？」

「……そう、ですけど」

「あーやっぱり！　東人とよく遊んでくれてたでしょ！　おばさんのこと覚えてる？」

東人の名前を出されたことで、自然と検問で会った東人の顔が女性に重なる。少し白髪が混じり始めていたが、その明るい表情にはどこかで見覚えがあった。

「あ、東人の、お母さん？」

「正解！　なにもう、見ないうちにシブい男になってぇ！　びっくりしちゃったわ」

東人の母は、そう言って佑太の肩を軽く叩《たた》いた。

「いや、別にシブくは」

「でも、そうやって謙遜する感じは変わんないわねぇ」

東人の母が勢いよく話す様子を聞きながら、佑太たちが小さい頃から、東人の両親は宇多莉町の中心部で「ぴーぷる」という名前の飲食店を経営していたことを思い出す。

「ここでまた、始めたんですね」

「そうねぇ、五年前にやっと」

東人の母はしみじみと言うと、賑《にぎ》やかなテーブル席を穏やかな目で見つめる。

「お父さんと東人がこっちに戻ってくるんだってきかなくてね。私は『人が戻ってないからどうかなぁ』なんて言ってたんだけど、お父さんが『宇宙船関係の人たちが来るから、ここなら大丈夫だ』って。でも、おかげさまでなんとか五年目ね」

今日の仕事から解放された人々が酒を飲んで話す声で、店内は活気に満ちていた。

座席はテーブル席が約二十席、カウンター席が六席で、カウンターには人がいなかったが、テーブル席は淡い青の作業服を着た男性たちでほぼ満員だった。奥にあるテレビからは、野球中継の音が流れている。

「東人、警察官になったんですね」

「びっくりよねぇ。どっちかって言ったら厄介になる側だったのに」

東人の母は、親密な人にだけ許される冗談を言って快活に笑った。

「ほら、東人の学校終わらないうちは戻ってこられないなと思ってたんだけど、あの子、『高校終わったら、すぐに宇多莉で働くんだ』って言い出して。うちのお店は夫婦二人でいっぱいいっぱいだからねって念押ししてたら、急に『就職決まった』なんて言うから、聞いたらお巡《まわ》りさんよ。たぶん、私らが一番びっくりしたわね」

佑太は東人の母親の話に無言で頷きながら、自分でも説明ができないくらい、東人の取った選択に胸を打たれていた。

人口の八割が避難を余儀なくされた宇多莉町では、元の住民を顧客にしていた商売は突然成り立たなくなり、若い世代には「フバニウムの危険」とは別に、帰ろうにも仕事が見つからないという問題があった。その町に若者が戻ろうとすれば、選択肢は相当に限られている。東人はきっと、自分のやりたい仕事がどうという考えを捨て、故郷に帰るために今の仕事についたのだと思う。

「お母さん、こっち注文いいかな！」

「はーい、今行きます！　ごめんねお邪魔して、またあとで」

常連らしい作業服の男性に呼ばれ、東人の母は潑剌《はつらつ》とした足取りでテーブル席の方に向かっていった。「邪魔」というのは「りさと佑太の仲を」という意味だったらしく、なんとなく気まずい気持ちでりさの方を見る。当のりさは、佑太とまったく関係のないカウンターテーブルの一点を見つめていた。その視線の先には、小さな貼り紙がある。

「ユウタさん、これ」

りさに促されて貼り紙を見ると、そこには『募集！　宇宙船および周辺区域・蘇生《そせい》作業員』の文字があった。

手書きで書かれた貼り紙には「未経験者歓迎！」「その日払いＯＫ！」「詳しくはお電話を！」という箇条書きとともに、仕事を募集している会社名と電話番号が大きく書かれている。一目見た印象では、なんとも怪しい求人だと感じられたが、佑太の目は「宇宙船」「周辺区域」「蘇生」という言葉に強く惹《ひ》きつけられていた。

「こういうお仕事もあるんですね」

「……さっき、この場所教えてくれた人が『あの店は宇宙人の仕事の世話もしてる』って言ってたんだ。この仕事がそうなのかもな」

佑太は店員の話を紹介しつつ、何かりさの兄につながる情報を得られるかもしれないと思い、貼り紙をスマートフォンで写真に収める。りさは頷き、静かにつぶやいた。

「みんなで宇宙船、直してるんですね」

りさの言葉に小さく頷く。佑太の中では、あの宇宙船の姿は鏡沼に漂着してきた当時の姿のまま、ずっと更新されずにいた。佑太たちが意識を向けていない間にも、誰かがあの宇宙船と周辺区域を元に戻そうと働いている。そう思うと、佑太の心の内に漂着事件以降初めて「またあの場所を見たい」という気持ちが湧き上がっていた。

「忙しいことはいいことですってね」

東人の母が、そうつぶやきながら弾むようにカウンターへ戻ってくる。佑太のドリンクがほとんどなくなっているのを見ると、自然にこちらへ笑顔を向けた。

「佑太くん、今日はお酒は？　東人と同い年だもん、もう大丈夫よね」

「そうなんですけど、今日は車で」

「あら、そう。彼女さんとドライブ？」

「いや、まぁ」

「でも彼女さん、本っ当に可愛いわね。顔も小さくて、お人形さんみたい。お名前は？」

「あ、りさって言うんですけど、今は、秘密で」

勢いに押されて、りさは意味の通らないことを口走った。その声を聞いて、東人の母は首をかしげる。

「……あれ、りさちゃんって」

「すみません、それ以上はＮＧで。今日はちょっと、訳ありなんです」

東人の母が「りさ」の正体に思い当たったことを察し、佑太がすぐに割って入る。

「あらぁ……やるわねぇ、佑太くん」

「そうでもないです」

実際、何をやった自覚もなかったのでそう答えつつ、りさに目配せする。これ以上長居すると何が起こるか分からないため、早く兄のことを尋ねてしまおうと思った。

「その、実は私、人探しをしておりまして」

佑太の意図が一応通じたらしく、りさはやけに形式ばった話し方ではあったが、兄の件を切り出した。スマートフォンには、鋭いライトブルーの瞳を持った、精悍《せいかん》な青年の写真が表示されている。

「この人を探しているんですけど……最近、見かけたことはありませんか？」

「あ、見たことある！」

「ほんとですか？」

予想外の好反応があり、佑太とりさは自然と前のめりになった。東人の母は頷くと、カウンター席の端の方を指す。

「うん、宇宙人さんはよく来るんだけど、この人、特に男前だったからよく覚えてるわ。たしか一昨日あたりも作業服で来て、一人でこのへん座って飲んでた」

一昨日というと、「星の守り人」の声明が報道される前ということになる。佑太は東人の母にさらに尋ねてみることにした。

「どこに住んでるとか、どんな仕事してるとか、そんな話、してましたか？」

「そこまでは分かんないわぁ。無口な人だったからね。注文以外は、何にもしゃべんないでじっとテレビの方を見てて。でも、それがシブくてカッコよかったのよね」

一人で来ていたということもあり、りさの兄の情報はほとんど得られなかった。ただ、一昨日この店にいたということは、今もこの周辺にいる可能性はかなり高そうだと思う。佑太が考え込んでいると、今度はりさが東人の母に尋ねた。

「その、このあたりで宇宙人がたくさん住んでるところって、ありますか？」

フーバー星人が多く住んでいる地域が分かれば、その周辺にりさの兄もいるかもしれない。東人の母は頷くと、壁の向こうを見通すような眼差しで話し始めた。

「ここ来る途中、新築の建物いっぱい並んでたでしょ。あのへんは宇宙船蘇生の仕事関係でこっちに来た大企業の人たちが住んでんのよ。だから、宇宙人さんはあのへんにはいなくて、もっと宇宙船に近いところのプレハブとか、なんていうの、長屋みたいなところに住んでる人が多いわね」

東人の母はそう言った後、レジに誰も並んでいないことを確認し、声をひそめた。

「なんだかねぇ、あんまりおっきい声じゃ言えないけど、同じ宇多莉に住んでるのに、なんでこうなのかなとは思っちゃうわよね。なかには良い社長さんもいて、ちゃんとした待遇で宇宙人さん雇ってる会社もあるんだけど」

そう言って、東人の母は店の壁にも貼ってある「募集！　宇宙船および周辺区域・蘇生作業員」の貼り紙に目をやる。どうやら租界で仕事をする人たちの中でも、フーバー星人とそうでない人たちでは、待遇や生活に大きな差があるらしい。東人の母は、そうした状況に思うところがあって「良い社長さん」の貼り紙に協力しているらしかった。

「あ、そうだ。佑太くん、鯨川《くじらかわ》の豆腐屋さん覚えてる？」

少しの間口を噤んでいた東人の母は、思い出したように尋ねてきた。

「平山《ひらやま》豆腐店ですか？　あの、手作りの漬物が美味《おい》しい」

佑太が記憶を辿《たど》りながらそう尋ねると、東人の母は大きく頷いた。

「そうそう。旦那《だんな》さんが早くに亡くなってから、おばあちゃんがずっと一人でやってたんだけど……もうずいぶん前から跡継ぎがいないからお店畳むってよく言ってたのよ。そこにあの宇宙船が来ちゃったから、結局なしくずしで廃業することになっちゃってね。それでもう、かれこれ十年近く空き家だったんだけど……あそこの豆腐屋さんに、戸籍のない宇宙人さんが住み着いてるって噂《うわさ》があんのよね」

「そう、なんですか」

誰も住んでいない空き家に、フーバー星人が住んでいる。都会であればすぐに見つかり問題になるはずだが、この宇多莉町なら、誰にも見つからずに長年住むこともおそらく可能だろう。だが、平山豆腐店は、佑太の家から歩いて行ける距離にあったはずだ。佑太の記憶が正しければ、明らかに一つ問題がある。

「……でもあそこ、五キロ圏内ですよね」

「そうそう。だから、隠れて住んでんのよ。どうやって柵越えたかは分かんないけどね。うちのお父さんが言うには、あのへんは川のそばで、フバニウムが全部流されてあんまり危なくないから、住んでる人がいてもおかしくないんだって」

話を聞きながら、瑛介が「フバニウムは魔法でも呪《のろ》いでもなく、物質だ」と話していたことを思い出す。「危険区域」の中でも、水辺付近であれば飛散したフバニウムの影響が少ないところはあるのかもしれない。東人の母は、少し声をひそめて話を続けた。

「柵の中は警備の人たちも長くいられないし、廃業したお店にただ住んでるだけの宇宙人さん、わざわざ警察に告げ口して逮捕させるってのもなんだかあんまりねって話になって、いまだに誰もちゃんとお店の中までは確認してないのよ。これ、東人には秘密ね」

「……ですね、東人には秘密で」

東人の母に調子を合わせつつ、バリケードフェンスで玄関が封鎖された民家の姿を思い浮かべる。フバニウムの汚染が浅い、漂着した宇宙船から五キロ圏内の空き家に、戸籍のないフーバー星人たちが住んでいる。もしそれが事実であれば、その民家の中にどんな人物がいたとしても、しばらくは気づかれないかもしれない。佑太は、何か核心的な情報を手に入れたような感触を覚えていた。

十二・故郷

「兄は、宇宙船のそばにいる気がします」

居酒屋「ぴーぷる」から佑蔵の自宅に戻る道すがら、りさは助手席でぽつりと言った。

「……どうしてそう思うの」

佑太も直感的に似たような感覚を抱いていたが、理由を知りたくて尋ねる。

「あの、これもやっぱり、怒らないで聞いてほしいんですけど」

りさはそう前置きした後、窓の外に目を向け、どこか遠くを見つめて話しはじめた。

「兄は、自分たちより全然ダメだと思ってる地球の人たちが、賢いフーバーの人たちを『管理』している状況がとにかく気に入らないんです。だからもし、アジトみたいなものを作るとしたら、地球の人たちが『管理できなくなっている』ところを選ぶと思うんです。そこに故郷から来た宇宙船があるとしたら、なおさらそこを、選ぶ気がして」

りさの説明はそれなりに説得力があり、東人の母が話していた豆腐店の廃屋は、その条件をほぼ満たしているように思えた。ただ一点、りさの話には気になるところがある。

「一応、宇宙船周辺は警察が管理してるだろ」

漂着事件以降、宇宙船周辺は不審者が立ち入らないよう、常に監視が行われているはずだった。「管理できなくなっている」と断言するのは、少し無理があるように思える。

「あの、これから生意気なことを言うんですけれども」

りさはまた独特の前置きをした後、真面目な顔でこちらを見た。

「佑蔵さんのお家も、久しぶりに帰ったら泥棒に遭っていたんですよね」

「あぁ、そう言ってたな」

幸い佑蔵の家には大した被害はなかったらしいが、その行為自体に嫌悪感を覚え、自然と険しい声になる。りさは頷くと、真剣な表情で言った。

「危険区域の管理って、ほんとにできてるんでしょうか」

「それは……」

自分の故郷の警察が関わっている手前、簡単に返事はできなかったが、りさが疑問を持つのも無理はなかった。

実際に、「危険区域」に指定された地域には盗難の被害が出ている。現在は、宇宙船から半径五キロ圏内が「危険区域」に指定されているが、その区域は広大で、警備をしている境界の長さだけを考えても、単純計算で三十キロ以上の距離があった。それだけの区域を侵入者をまったく許さず管理するのは、そう簡単ではないように思える。

「『星の守り人』は……警備の死角をついて『危険区域』の中に潜伏してるってことか」

「それなら、あの団体の指名手配されてる方々がまったく捕まらないのも、一応説明がつくと思うんです。誰もいないところに住んでいれば、誰にも見つからないですから」

人間が住んではいけないことになっている「危険区域」をアジトにする。発想が大胆な上にリスクも高いが、決して狙いは悪くないように思えた。

「ユウタさんのお家は、あの柵の向こうにあるんですよね」

りさは、こちらを気遣うように静かな声で尋ねてきた。佑太は頷き、一言だけ答える。

「宇宙船のすぐそばだよ」

あの宇宙船は、佑太の自宅の裏山にある鏡沼に漂着していた。自宅までの距離は一キロに満たず、佑太の故郷は「危険区域」の中心地でもある。

「『お家に帰るので入れてください』と言っても、あの柵、通してもらえないんですか」

りさは、ある意味当然の疑問を口にする。佑太はかつて移住先に役場から届いた封筒の手触りを思い出しながら、気の進まない説明を始めた。

「通してもらえないわけじゃないけど、事前に申請が要る。書類を書いて、ハンコを押して、ちゃんとお役所に提出しなきゃいけない」

「申請、ですか」

「申請書が認められれば、少しの間、我が家に帰れる。警察に監視されながらな」

「……でも、自分のお家なんですよね」

りさにそう尋ねられた佑太は、思わず皮肉な笑みをこぼしていた。

「まったく、不思議な話だよな」

「危険区域」の中に自宅がある佑太たち家族は、国の所轄官庁に申請書を提出し、その内容が認められれば、警察による監視の下で決められた時間だけ自宅に戻ることが許されていた。その際は、フバニウムによる汚染から身体を守るために、全身に白い防護服を身に付けることが義務付けられている。

大学生だった五年前、この帰宅申請書の話を両親から聞かされた佑太は、「自宅に戻るのに申請書が要る」という事実自体にどうしようもない違和感を抱き、その後一度も、申請を行おうとはしていなかった。

「申請が認められるまでには時間がかかるし、認められても、もれなく警察が付いてくる。どっちにしろ、警察より先にお兄さんを見つけたいなら、役には立たない」

「申請」が兄を自力で見つける助けにならないと知り、りさはしばらくうなだれていたが、何かを思いついたのか、ふいにその顔を上げた。

「あの、思ったんですけど」

「何？」

「あの中に宇宙人が住んでいるという噂が本当なら……警備のみなさんに見つからずに、あの区域を行ったり来たりする方法が、何かあるんじゃないでしょうか」

「……それはたしかに、そうかもな」

佑太が認めると、りさはこちらの目をじっと見つめたまま、大胆なことを口にした。

「それなら、私とユウタさんが……頑張って、その方法を見つけてしまえばいいのでは」

フーバー星人が「危険区域」を出入りするために使っている手段を、こちらが見つけて利用する。りさの提案は相当にリスクはあったが、うまくいけば兄の所在への重要な手がかりが得られそうではあった。

「でも、そう簡単に見つかるか？」

「そこは、頑張るしかないんですけれども」

簡単に見つかるような位置にあるなら、警察側もその手段はすぐに把握できる気がした。

検問で会った東人の表情を思い出しながら、佑太にあるアイディアが浮かぶ。

「東人に、どうやって『危険区域』の警備してるのか聞いてみるか。警備を知っとけば、警備の死角も少しは見えてくるかもしれない」

もし、りさの兄たちが本当に清火リレーを襲撃するつもりなら、警備の隙《すき》をつくような形で、アジトの設置や当日の計画を練っているはずだった。りさはやや気の進まない顔をしていたが、しばらくしてから、小さく頷く。

「兄の話は、しないでくださいね」

「それは、もちろん」

心配げな表情を崩さないりさにそう請け合うと、佑太は車を交番へと向かわせた。

宇多莉町交番は、租界から祖父母の家に戻る途中にあった。

佑太が子どもの頃は、この交番のある辺りが宇多莉町の中心街として栄えていたが、今、目の前に広がる街路には、人の姿はほとんど見かけない。

あの宇宙船が漂着し、「危険区域」関係で仕事をする人々の町として租界が新たにできたことで、宇多莉町の中心街に訪れていた人波は、宇宙船の方へと吸い寄せられてしまったようだった。

交番に到着すると、ちょうど戻ってきたところだったのか、検問所で見かけたのと同じベストを着た東人が、立ったまま電話応対をしている様子が見えた。

「……もう一回おんなじこと言いますけどね、清火リレーが行われる場所は、フバニウムの除去が全部済んでるんですよ。ええ、大変でしたよ、でもやったんです。ええ。それでも絶対に中止した方がいいって仰るなら、一度こっちに来て、ご自分で確認してみてください。測定器でもなんでも持ってきて、自分で測ってみてください。ええ、そんときは、うちの署が全面協力しますんで」

元々地声の大きい東人の返答は、机ごしのこちらからでも筒抜けに聞こえた。どうやら遠方に住んでいる善意の市民から、今回の「清火リレー」について、何かありがたいアドバイスを受けていているらしい。心配そうに見つめるりさの視線をよそに、東人は会話を続けていた。

「はい、ええ。罪もない子どもが危険に晒《さら》される、犯罪的なイベントだっていう奥さんの気持ちはよく分かりました。はい、奥さんじゃない、すみませんね、ええ、じゃあお名前……はい、お名前は嫌なんですもんね、じゃあ何て呼びましょうね。ええ、俺ですか？赤嶺東人です。東の人って書いて、ハルトです」

東人が漢字まで丁寧に解説する様子を見ながら、その電話相手にそのタイミングで名乗って大丈夫なのかと心配になる。東人は電話を右耳に当てたまま、大きく頷いた。

「ええ、どうぞ、SNSにも書いてください。『赤嶺東人曰《いわ》く』って、いいですよ、ええ。あとで検索して『いいね』とかしときますんで、ええ、そうですね。じゃあ、いつかぜひお越しください。宇多莉町、いいとこですから。はい、そうですか、ええ、俺はそんときだって生きてますよ。ええ、相当長生きする予定ですから。はい、はーい、どうも」

ガチャンと受話器を置くと同時に、東人は佑太たちの存在に気づいたようだった。大きな口を開けて笑うと、大股《おおまた》で出入口に近づいてくる。

「おう佑太、元気か」

佑太は頷き、さっきの検問での御礼を言おうと思ったものの、奥に別の警官が座っているのが見えたため、別の話題を選ぶことにする。

「相手も、相当元気そうだったな」

「あぁ、ほんとによ。『清火リレー中止にしろ』って電話な、最近はまた増えてんだ。さっきの人なんかはもう、常連さんだよ」

東人が承るだけ承っていた通話の様子から、佑太は白峯サービスエリアのテレビで見た「清火リレー反対デモ」のニュースを思い出す。フバニウムによる健康被害を不安視する人々の中では、今回のイベントを「絶対に開催するべきでない」という意見が、今も少なからずあるようだった。

「あんまりしつけぇもんだから、この前『はい、俺たちみんな死にます。これまでありがとうございました』つって電話切ってたら、横ちゃんに見つかって始末書書かされた」

「それはさすがに、乱暴だろ」

いかにもこいつらしい対応だと思いつつ、一市民として一応咎《とが》めておく。東人は悪戯《いたずら》っぽく笑った後、真面目な表情で話しはじめた。

「だってな、こっちがどんだけ説明して『大丈夫だ』っつってもちっとも納得しねえんだからよ、結局あいつらが俺から聞きてえ言葉は、『死にます』だけってことだろ」

東人の意見はあまりに極端だったが、筋道立てて説得しても、納得してもらえる相手ではなさそうなことは電話ごしにも伝わっていた。

「……実際そうなら、わざわざ喜ばしてやることもねえよ」

「まぁ、それもそうだな」

　東人は、さっぱりとした口調でそう言うと、話題を切り替えた。

「そういや佑太、番号変わったか？　俺、中学の同窓会の幹事やらされてんだけどさ、この前連絡しようと思ったら、お前だけ電話もメールも全然ダメだったからよ」

「あぁ、変えた」

　変えた番号を誰にも教えていなかったのは、意図して故郷を遠ざけていたからだった。唯一瑛介にだけは番号を教えていたが、口が固い瑛介は他の誰にも教えていなかったらしい。佑太は逡巡《しゅんじゅん》した後、東人に尋ねる。

「メモ用紙とかあるか？　そこに書いとくから」

「おぅ、助かる」

　東人はそう応じると、すぐに机からメモ用紙を鉛筆を取り出した。佑太が電話番号を書きこんでいる間に、東人は隣で黙ってやり取りを聞いていたりさの方に目をやった。

「あれ、嫁さん？」

　先ほどより変装が軽くなっているからか、東人の質問の調子はやや変わっていた。りさは「ぴーぷる」での失敗から学んだらしく、今は名乗らず無言で笑顔を振りまいている。

「誰かに似てるよな」

「分からないです」

りさが即座に早口で答えたことで、東人はかえって不信感を抱いたようだった。

「誰かに似てるってよく言われませんか？」

「誰かに似てるとは、よく言われます」

りさはあくまで嘘をつかず、唐突にはじまった東人の職務質問をかわす。東人は小さく首をひねると、りさの顔をしげしげと見つめながらつぶやく。

「絶対どっかで見たことあんだよな」

「あのさ、東人」

番号を書き終えた佑太は、これ以上りさに注意がいかないよう会話に割って入る。

「清火リレーのコースが書かれた地図ってあるか？　じいちゃんがほしがっててさ」

「あぁ、それなら腐るほどあるわ。ちっと待ってろよ」

用意していた話を振ると、東人は頷き、交番の奥の方へ進んでいく。建物の中には、今は東人以外には一人警官が座っているだけだった。壁の方に傾いた頭がまったく動かないところを見ると、眠っているように見える。佑太がその警官を眺めているうちに、光沢のある青のパンフレットを大量に抱えた東人が戻ってきた。

「これ、清火リレー公式案内パンフレット、宇多莉町版な。本部から山ほど送られてきたんだけどよ、まだまだ余ってっから、いくらでも持ってけ」

「ありがとう」

礼を言って、三つ折りになったパンフレットを開く。中には、宇多莉町内の簡易版地図と、「清火ランナー」が通るコースがライトブルーで記載されていた。宇宙船から五キロ圏内の地図は、木陰のように暗く塗られ、幼児向け番組のタイトルのようなフォントで「立ち入り禁止区域」と書かれている。そのデザインからは、イベントの性格上、明るく紹介しなくてはいけないが、あまり深く触れたくはないという主催者側の意図がひしひしと伝わってきた。そのデザインを見ながら、りさの兄が彼女に伝えた「薄っぺらな嘘で金儲けをする地球人」という言葉が脳裏によみがえる。そんな思いは声には出さず、佑太は地図の「立ち入り禁止区域」の位置を指した。

「リレー、今週末だろ。たくさん人来たら、危険区域の警備って大丈夫なのか」

「あぁ、そんだけのために、明日からここに二千人も応援来るんだと。ちょっと偉いのが来るってだけで、普段とはえらい変わりようなんだわ」

東人は少しも声をひそめることなく、そんなことを言う。奥に座っている警官の首はそれでもまったく動くことはなく、どうやら本格的に熟睡しているらしかった。その様子を後目《しりめ》に、佑太はできるだけ自然な調子で尋ねる。

「危険区域って、普段はどうやって警備してるんだ。あんな広いとこ、ここの交番だけじゃ難しいだろ」

「あぁ、だからな、ここと別に詰所があって、自衛隊と消防と、応援に来た警察でなんとかかんとか回してんだわ。三交代で二十四時間、誰かは必ずいることになってる。そろそろ、横ちゃんも戻ってくる頃だな」

「……そうなのか」

東人にそう言われて時計を確認すると、時刻はちょうど十八時を回った頃だった。佑蔵たちに夕飯時には戻ると約束したことを思い出し、佑太はパンフレットを片手に持って東人に向き直る。

「じいちゃんのとこ戻るわ。これ、ありがとな」

「いつでも来い。あぁ、手錠かけられては来んなよ」

相変わらずきわどい冗談を言う東人に笑みをこぼし、佑太とりさは交番を去った。


祖父母の家のそばに戻る頃には、あたりはとっぷりと日が暮れていた。夜間に見るバリケードフェンスは昼間よりいっそう不気味で、不安な心持のまま悪路を進んでいると、道の先に二つの光源がぼんやりと見えてくる。その片方の灯《あか》りが暖かい橙《だいだい》色に輝くのを見ながら、佑太の脳裏には、幼少期の記憶がよみがえっていた。

「また、鶏飼ってるのか」

誰に言うでもなく、そうつぶやく。見えてきた灯りの正体は、祖父母の家とその隣にある養鶏場のようだった。

「ニワトリ、ですか？」

「うん、昔飼ってたんだ。俺が小さいときは百羽くらいいたんだけどさ、親父が小さかったときは、もっといっぱいいたらしい」

話しながら、佑太は親父から聞いた佑蔵の若い頃の話を思い出す。

「じいちゃん、元々炭鉱で働いてたんだけどさ、親父が生まれてすぐの頃に、エネルギー革命がどうとかで、働いてた山が潰れちゃったんだよ。それでも家族を食わせていかなきゃいけないからって養鶏はじめてさ、はじめは五羽くらいから始めたんだけど、親父が物心ついたときには、あの建物にいっぱい、千羽くらいいたって」

りさは話を聞きながら、感心したように何度も頷いていた。

「そういえば、赤嶺さんが『たまごやの』って言ってましたね」

「あぁ、昔からこのへんに住んでる人は、じいちゃんのことそう呼んでんだよ。いっぱい卵売ってたから」

りさはすぐそばに近づいてきた橙色の灯りを見つめながら、楽しげに頷く。

「私、ニワトリって初めて見た時からずっと好きなんです。色も形も、カッコいいので」

コメリのマークを見つけた時に妙に喜んでいたことを思い出しながら、この子はニワトリのデザインが好きだったのかと気づく。相変わらず独特な感性だと思いながら、佑太の脳裏には、幼少期に見た、たくさんの鶏たちの様子が浮かんでいた。

に傷つける気がして、それ以上は言葉を濁す。

佑太の頭には鮮明な映像が浮かんでいたが、今そのすべてを口にすればりさをいたずら

「何か、あったんですか？」

「……いろいろあったんだよ。このへんの人は、みんなそうだ」

「でも、また育てるとは思わなかったな」

佑蔵は、年金が支給されるようになってから養鶏の規模を縮小していたが、それでもあの宇宙船が落ちてきたときには、三十羽以上の鶏を飼っていた。漂着当初、佑蔵が親父に説得されても警察に警告されてもしばらく避難を拒否し続けていたのは、自分が育ててきた鶏たちを、ここに残していくわけにいかないからだった。

砂利の敷かれた道を登り、養鶏場の前に車を停める。

飼っていた鶏たちをすべて処分し、呆然とここで立ち尽していた佑蔵に、中学生だった佑太は何も声をかけることができなかった。運転席を降り、十年前に佑蔵が立っていた場所で静かに足を止める。薄く開いた養鶏場の扉からは、ちょうど佑蔵が出てくるところだった。

「おう、佑太！　いいとこに来たな。最高の卵、食わしてやっからよ」

そう言って、佑蔵は養鶏場の扉を力強く開く。大きな建物の片隅には、たった三羽ではあったが、元気な鶏たちが餌《えさ》をついばむ姿が見えた。

「……じいちゃん」

その姿を見た途端、胸の内に熱いものがこみあげてきて、佑太はぐっと歯を食いしばる。佑蔵は避難指示に従うために、自分が大切に育ててきた鶏を泣く泣く殺していた。そんなことがあった後で、急に「町に戻りなさい」なんて通知を受け取っても、素直に従えるわけがないだろうと思った。それでも佑蔵は、「生まれた場所で死にてぇから」と再びここに戻ってきて、文句一つ言わず、また鶏を育てている。「宇宙船」のことから逃げ回ってきた佑太には、その佑蔵の姿が、胸が苦しくなるぐらい眩《まぶ》しいものに見えた。

「どうした佑太、なんかあったか」

佑蔵は自分の顔を見て、心配そうに声をかけてくる。佑太は涙をぬぐい、なるべく声が震えないように大きく息を吸って言う。

「……ごめんな。帰って来るの、遅くて」

佑太が故郷に帰らずにいた十年の間に、佑蔵はこの場所に帰り、生活を地道に立て直していた。畑を元に戻すのも、鶏をまた育てるのも、きっと大変だったはずだ。それでも佑蔵はその頃の苦労を一つも漏らさずに、笑って佑太とりさを受け入れてくれている。佑太の涙声を聞いて、佑蔵は豪快に笑い、痛いくらい肩を叩いてきた。

「なんだ、なにも泣くことねえべや」

もう片方の肩にも柔らかい手の感触を感じて視線を向けると、車から降りてきたりさが、心配そうな表情でそばに付き添ってくれていた。

「みんなでご飯、食べましょう。そしたら、元気出ますから」

りさと佑蔵の顔を見て深く頷く。二人の優しい眼差しが、自分の胸に閊《つか》えていたものをすっと溶かしてくれた気がした。


「しかし、りさちゃんは器量もいいし気立てもいいし、何も言うことねぇべな」

四人で掘り炬燵を囲む晩餐《ばんさん》。見事なちらし寿司《ずし》を食べながら、すでに日本酒が少し入った佑蔵はご機嫌だった。

「ほんとよねぇ、クイズはちょっと苦手みたいだけど」

政子がそう言うと、食卓に和やかな笑いが起きる。あの養鶏場でとれた卵を使った錦糸卵は絶品で、本当に美味しい料理は、食べるだけで笑みがこぼれるものなのだと知った。

「でも、改めてですけど、お二人はどうしてお付き合いすることになったの？」

政子は悪意のない表情で佑太とりさの方を見る。思わず顔を見合わせた後、りさは意味ありげに小さく頷き、話し始めた。

「私、宇宙人なので、あの宇宙船でここに来たんですけど……実は小さい頃に佑太さんとお会いしていて、それでずっと気になってたんです。そしたら、あるイベントのお仕事で偶然佑太さんと再会して、その……本当に危ないところを、助けてもらいまして。それがすごく嬉《うれ》しくて、私からお付き合いをお願いしました」

りさは、途切れ途切れにそう言った後、だんだんと耳を赤くする。

「まぁ、そんなとこだよ」

初めて聞いた「馴《な》れ初《そ》め話」のいったいどこまでが本当なのか、佑太は内心穏やかではなかったが、それを気取られないよう一言だけ添え、話題を変えることにした。

「じいちゃんたちは、どうやって付き合うことになったの？」

佑太が尋ねると、佑蔵は特に躊躇《ちゅうちょ》することもなく、あっけらかんと話し始めた。

「昔はこの辺に炭鉱があってよ、前のヤマで働いていたのが俺で、後ろのヤマで働いていたのが政子だったたんだわ」

「すごい、職場恋愛だったんですね」

炭鉱の中で出会った男女をそう表現したのはりさが初めてなんじゃないかと思いつつ、これまで聞いたことのなかった佑蔵たちの馴れ初め話に、佑太も内心驚いていた。

「女の人も、鉱山の中で働いてたの？」

「そうねぇ。私たちがいたヤマは、女の人の方が多かったんじゃないかしら」

政子は頷くと、昔を懐かしむ様子で話し始める。

「とにかく暑かったから、女の人も上は裸でね。今じゃ考えられないでしょうけど」

「裸」

りさはそう言って硬直する。政子の話は、佑太にとっても初耳だった。

「……恥ずかしく、なかったの」

「炭鉱の女の人はそれが当たり前だったからねぇ。男の人はみんなふんどし一丁だし、なにしろヤマの中がユデダコになっちゃうぐらい暑かったから、恥ずかしいなんて言ってらんなかったのよ」

「んだ。帰りはちょうどそばの平山太吉《たきち》さんとこでしゃっこい冷奴《ひややつこ》買って、仕事のあとに食うのが最高にうめがったんだな」

「……それって、鯨川の？」

「んだ。おめぇらの家んそばだな」

佑蔵があっさりとそう答えたのを聞き、佑太はふいに胸騒ぎを覚える。鯨川の平山豆腐店。東人の母が「戸籍のない宇宙人さんが住み着いている」と話していた場所。

逡巡した後、佑太は箸を置き、掘り炬燵から立ち上がった。部屋の端に置いてあった鞄《かばん》をまさぐり、東人にもらったパンフレットを取り出す。りさが隣で心配げに見守る中、慌ただしくそれを机に広げ、地図の部分に手を置いた。

「じいちゃんが掘ってた炭坑って、どこ通ってたの？」

「お、なんだ。大した地図だな」

地図を目を細めて見た佑蔵は、パンフレットの地図に指を置いた。

「だいたいこの辺りから掘りはじまってよ、太吉さんげの前さ出るヤマがあったんだわ」

そう言って、佑蔵は指で炭坑の入口があった場所を示す。そのごつごつとした指のすぐ隣には、清火リレーの通過位置を示す、黄色いラインが通っていた。

十三．文明

「しかしおめぇらも、潰《つぶ》れたヤマが見てぇなんて物好きだな」

佑蔵は荷台に農機具を積んだ軽トラックから降りると、佑太とりさに向かって言った。

「佑蔵さんは、最近ここに来られていないんですか？」

佑太が答えに窮していると、りさがまっすぐな眼《め》でそう尋ねる。佑蔵は名前で呼ばれたのが嬉《うれ》しかったのか、饒舌《じょうぜつ》に話しはじめた。

「俺もそうだけどよ、この辺りは誰《だれ》も久しく来てねえべな。炭掘るほか何も用事がねえような山で、炭鉱潰れて、そこにあの宇宙船騒ぎだからよ。来る理由がねえべや」

佑蔵の話を聞きながら、確かにそれもそうだと思う。町の北部に通るバイパスから逸《そ》れた位置にあるこの山には民家はまったくと言っていいほど見当たらず、道路もまともに整備されていなかった。宇宙船からは約十キロの距離にあり、一時は立ち入りが制限されていたことも考えると、この場所を訪れるのはよほどの物好きと言えそうだった。

「なんだか、申し訳ないです」

宇宙船の名前が出たことで悲しげにそう言うりさに、佑蔵は軽く応じた。

「何も、りさちゃんが謝ることでねぇべな。宇宙船が来ねくても、ここはこんなもんだ」

佑蔵の見つめる先には、朽ちた建物の一群があった。屋根は落ちてしまっているが、その構造を見るとどうやら元は炭住《たんじゅう》と呼ばれる炭鉱夫たちの長屋だったらしい。屋根やドアにくすんだ赤をわずかに残し、建物はその大半が色を失っていた。

「昔は、このへんに住んでた人もいたの？」

佑蔵はさっぱりした口調で言う。

「昔はな。今住んでんのは猿と猪《いのしし》だけだ」

佑蔵はさっぱりした口調で言う。一時的に人が誰もいなくなったことで、宇多莉町は動物にとってはずいぶん住みやすい環境になったようだった。

佑蔵は、もうすぐ米寿とは思えない健脚で佑太たちの前を進んでいく。その背中を追っていくと、中学時代に実験で使った漏斗《ろうと》を彷彿《ほうふつ》とさせるような、コンクリートで覆われた奇妙な建造物が見えてきた。「漏斗」部分は四つの足で支えられていて、その姿はどことなく古びた宇宙船を想起させた。

「じいちゃん、あれ何？」

「あぁ、あれはな、選炭場だ。ヤマで掘ってきた原炭をぶち込んでズリだけ取ってな、塊炭と粉炭に分けけんのよ」

「カイタン、フンタン？」

専門用語を次々と繰り出され、混乱したりさがそうつぶやく。佑蔵はわずかに振り返ると、職人の横顔を見せた。

「要はな、炭から要らねぇ部分を取って、でっけぇ炭とこまけぇ炭に分けてたんだな」

「……なるほどですね。勉強になります」

幼少期から宇宙船が存在するほどの高度な文明で暮らしていたりさには、「石炭」というエネルギー自体が歴史上の存在で、実物を見るのは初めてらしかった。だが、佑太たちがここに来た目的は、石炭文化を知ることではない。選炭場の脇《わき》を通り、さらに炭坑跡の奥へ進むと、コンクリート造りの無機質な建物がそびえ立っているのが見えてきた。

「あすこだな」

「あれが、坑道の入口？」

「んだ。あん中にある」

佑蔵の答えを聞き、改めて建物の方を見る。窓やドアがあったらしき場所には、今は何も取りつけられておらず、ただ空洞が口を開けていた。佑蔵の迷いのない足取りに導かれ、佑太たちは建物の中へと歩を進める。

床には苔《こけ》とシダが浸食した緑と、かつて窓だったらしい穴から差し込む四角い光が点在し、奇妙に明るい雰囲気を醸し出していた。

建物の隅には、ほとんど砂のように風化した動物の骨らしきものがある。中央にある大きな階段は、今はどこへもつながっていなかった。

「風通しの良い職場って、こういう感じですかね」

佑太の後からついてきているりさが、崩れた壁を見ながら言う。

「まぁ、オープンな環境ではある」

りさの勘違いは訂正せずに育てるというのが、最近の個人的な方針だった。りさは真面《まじ》目《め》な顔で頷《うなず》くと、緑地と化したフロアに目をやる。事実、ここではすべてが開かれていた。この建物に足を踏み入れてから、佑太は、人工物と自然の境界が曖昧《あいまい》になってきていることを感じていた。

「……今ある文明も、みんな最後にはこんな感じになるんでしょうか」

隣に並んだりさが、突然スケールの大きなことを言いはじめる。ただ、同じ場所に立つ佑太には、そんなことを考えてしまう気持ちも分かる気がした。

「そうかもな」

境界が崩れ、内と外の世界がゆるやかにつながっていく。文明が終わるということは、地上にある人のつくったものすべてが、この場所のような状態に還《かえ》るということなのかもしれない。

「おう、着いたぞ。これが坑道の元の入口だ」

「……これ？」

佑蔵が指した場所には、鉄で作られた内枠の中にコンクリートの壁があるだけだった。

錆《さ》びた鉄枠の内側の方は壁の色がやや白く、どうやらその場所には後からコンクリートが流し込まれたらしいと分かる。

「入れない、ってことですか?」

りさが尋ねると、佑蔵は壁に目をやったまま頷いた。

「ヤマを閉鎖するときによ、ここの入口もこうやって閉じちまったんだな。なにせ深くてくれぇ穴だから、童《わらし》どもが悪戯《いたずら》で入って死なれたら困るって話でよ」

りさが頷きながら、佑太を横目で見ている。どうやら、あてが外れてしまったらしい。佑太は昨晩の佑蔵の話を聞き、フーバー星人たちが「危険区域」に入る手段として、かつての坑道を利用している可能性があるのではないかと考えていた。ただ、目の前の坑道入口はしっかりとコンクリートで塞《ふさ》がれていて、最近、誰かが訪れた様子もない。

「これ見たら、あとは満足か」

孫の奇妙な要望を叶《かな》えた佑蔵が、のんびりと尋ねてくる。今の佑太たちは、その質問に頷くほかなかった。

「しかし、おめぇらも変わったもん見たがるもんだな」

元来た道を戻り建物を出たところで、佑蔵はこちらを振り返って言った。佑蔵がそう感じるのはもっともだったが、今はここを訪れた本当の理由を言うわけにもいかない。佑太が笑みを浮かべて取り繕ったところで、りさがふいに、佑蔵の背後を指差した。

「佑蔵さん、あの建物って、何ですか？」

はじめは、りさが何を指しているかは分からなかった。ただよく目を凝らして見ると、針葉樹林の間に、灰色がかった高層の建物が建っていることに気づく。屋上付近には、黒ずんだ赤色で社章のようなものが描かれていた。

行きの道では、逆側にある選炭場の建物に気を取られ、存在に気づけなかったらしい。

佑蔵はりさの指す方を見上げると、腰に両手を当てて話しはじめた。

「あれはな、巻き上げ機があった建屋《たてや》だな。あすこからでっけぇ機械使って、坑道まで重てぇもん降ろしたり上げたりしてたんだ」

「……そこ、人も降りられるの？」

その佇《たたず》まいに何か見逃してはいけない雰囲気を感じて、佑太はそう尋ねる。佑蔵は不思議そうに佑太の顔を見た後、首をかしげつつ答えた。

「昔は人も降ろしてたけどよ、今は巻き上げ機がもう動かねぇべな」

佑蔵はかつての炭鉱を思い返すように遠い目で言う。それから、建屋に重なるくらい日が高くなっていることに気づくと、年代物の腕時計で時刻を確認した。

「どれ、そろそろ昼飯どきだから戻るべ。おめぇら帰る前に、みんなでご馳走《ちそう》食うべな」

佑蔵はそう言うと、軽トラックの方角へ向けて歩き出す。祖父母たちには、よけいな心配をかけないように「午後には用事があるから帰る」と告げていた。佑太とりさは「巻き上げ機」の置かれていた建屋の位置を改めて確認した後、佑蔵の背中を追っていった。

「イノシシ、美味《おい》しかったですね」

山道を歩きながら、隣のりさが明るく言う。祖父母が振る舞ってくれたご馳走は、近所に住んでいる猟友会の千徳《せんとく》さんが撃った猪を贅沢《ぜいたく》に使った「牡丹鍋《ぼたんなべ》」だった。とれたての卵につけて食べる猪肉のすき焼きは絶品で、佑太もりさも、何度もおかわりをして鍋を食べ切っていた。

その後、佑太たち二人は礼を言って祖父母の家をあとにし、佑蔵に怪しまれないよう少し遠回りをして、朝に訪れた炭坑跡に再び足を踏み入れていた。

「ユウタさんは、生のイノシシ見たことあるんですか？」

「あるよ。遠くからだけど」

今ほど多くはなかったが、宇多莉町には宇宙船が落ちてくる前から猪が生息していた。

「昔、じいちゃんの畑行ったら細い足跡が並んでてさ、それ目で追っていったら、畑の端に猪が親子でいたんだよ。俺が『あっ！』って言ったら、すぐ逃げちゃったけど」

りさは、佑太の話に感心したように頷いた後、彼女にとっての「猪」の話をはじめた。

「私……イノシシって、空想上の生き物だと思ってたんです。今まで『もののけ姫』でしか見たことなかったので」

そう言われて、佑蔵が「猪の肉だ」と言ってさばいた肉を見せてきた時に、りさが助けを求めるようにこちらを見ていた理由に思い当たる。

「それでびっくりしてたのか」

「はい。佑蔵さん、ジブリファンには見えないですし、だからよけいに訳が分からなくなってしまって……でも、お肉が美味しかったので、それ以上は考えないことにしました」

ごく真剣な口調でそう言われ、佑太は堪《こら》え切れずに笑う。そのまましばらく荒れた山道を歩いていると、りさが再び、真面目な顔で佑太の方を振り返った。

「……シシ神《がみ》さまは、いないですよね？」

「いないよ。ちなみに、ヤックルもいない」

「それは……すごく残念です。ヤックル、ずっと乗ってみたかったので」

佑太が答えると、りさは心から悲しそうな顔をした。少し悪いことをしたなと思っていると、彼女はこちらを向いたまま、さらに尋ねてくる。

「すみません、もうひとつ、ご質問なんですけれども」

りさは、車から持ってきていた護身用バールで、地面のある一点を指していた。

「これって、イノシシだと思いますか？」

「……違うな」

指された位置には、比較的新しい、人間の靴の足跡があった。

「ユウタさんのヤマカン、当たってましたね」

そびえ立つ建屋を見上げながら、りさがそうつぶやく。「靴」の足跡は、午前中に佑蔵と廃鉱山を訪れた際にりさが見つけた、巻き上げ機のある建屋へと続いていた。建物の扉は佑蔵たちと訪れた建物同様にすべて取り外されていて、セキュリティは皆無に等しい。周囲に人の気配がないことを確認した後、佑太とりさは、念のため車から護身用に持ってきたバールを握りしめ、静かに建物の中へ足を踏み入れた。

侵入してまもなく、建物の中央部分に、地下へと続く巨大な穴がぽっかりと口を開けているのが見えた。コンクリートで塞ぐには大きすぎたのか、穴の表面には板木が打ち付けられていて、この板によって転落者が出ることを防止しているようだった。ただ、板木のうち何枚かは経年劣化で剝《は》がれてしまっていて、人ひとりが通るには充分な隙間《すきま》がすでに空いていた。

「ユウタさん、あれ」

りさがバールで指した方向を見ると、周囲のものとは明らかに劣化具合が違う、銀色のピンペグが深く地面に打ちこまれているのが見えた。そのペグから頑丈そうなロープが吸い込まれるように穴の中へと伸びていることに気づき、佑太とりさは顔を見合わせる。穴の方へと足を進めながら、鼓動はしだいに速まっていた。

穴の縁にかがみ、両手でしっかりと板木を摑《つか》みながら、穴の中を二人で覗《のぞ》く。同時に、りさが小さく息を呑《の》む音が聞こえた。ロープの伸びた先、閉鎖されたはずの坑道の壁には、青い炎を灯《とも》した松明《たいまつ》が掲げられていた。

十四．衝突

　坑道に降りると、赤黒く塗られたトロッコが、事切れたように倒れている姿が見えた。その不気味な光景を見ながら、縄を伝って降りるためにバールを置いてきてしまったことを早くも後悔しはじめる。青い炎に照らされて、足元付近の様子はかろうじて分かるものの、数歩先には完全な暗闇《くらやみ》が広がっていた。

「すごく、暗いですね」

「まぁ、地下はこんなもんだろ」

　怯《おび》えた声で言うりさに、少し強がってそう答える。反響するお互いの声を聞きながら、佑太は、この空間がずいぶん遠くまで広がっていることを察していた。

　スマートフォンを取り出し、懐中電灯のアイコンをタップする。カメラ脇についたライトが点灯すると、おぼろげながら見える範囲が広がった。

　坑内には、錆びて腐食したレールが張り巡らされていた。分岐のようなものはまだ見えず、深い赤茶色に変色した線路が、直線状に続いている。坑道の幅は、二人が両手を広げて歩いても余裕があるくらい広かった。

「ユウタさん」

突然、りさが声を上げ、佑太の左手を強く握った。その眼《め》はある一点を凝視している。りさの視線を慎重に追っていくと、数メートル先に、何か白い物体がぼうっと浮かび上がっているのが見えた。佑太は小さく唾《つば》を飲み込んだ後、りさに手を握られたまま、静かにその物体の方へ近づいていった。

「……蛍光灯だよ」

どうやら、坑道の上部に取り付けられていたものが、経年劣化で外れて落ちてきてしまったらしい。鉄線で天井からぶら下がっている土台は錆びて赤黒く変色していたが、発光する管の部分だけが、不気味に白いままだった。

りさは振り返った佑太の目を見ると、ほっとため息をついた。わずかに揺れている蛍光灯を避《よ》け、さらに前方へと進む。レールは灯《あか》りの届かない先まで、延々と続いているように見えた。

「あの……手、このままでいいですか」

つないだままの二人の手を見ながら、りさが小さな声で言う。

「俺はいいけど」

本心からそう言った後、思いついて一言加える。

「剝がしスタッフが来たら、終了です」

りさはこわばっていた顔を綻《ほころ》ばせ、小さな声で笑った。

「単独握手会ですね」

「さっきから全然人こないんだ。俺、人気ないのかな」

少しでも場を明るくしようと、さらにしょうもない冗談を言う。それでもりさは、優しく笑ってくれていた。

「ユウタさんは、人気ありますよ」

りさは笑みを浮かべたまま、大きな瞳《ひとみ》でじっと佑太の方を見る。

「私、ユウタさん推しです」

「……珍しいって言われるだろ」

照れ隠しにそう言うと、りさは頷き、わざと怒ったような声を出した。

「みんな、分かってないんです」

人気アイドルのりさがマニアックなファンのようなことを言うのがおかしくて、今度は佑太の方が笑う。暗い線路は続いていたが、気持ちは少しだけ明るくなっていた。

どれだけの距離を歩いただろう。まっすぐに伸びるレールの上を進み続けて十五分近くが経過し、佑太は、周囲の空気がやや薄くなり始めていることを感じていた。

ふと思い立ち、ポケットに入れていたフバニウム測定器「コンカウンターF」を取り出す。地下にいるため正確なところは分からなかったが、そろそろ自分たちが「危険区域」に侵入している可能性があった。

「……調子はどうですか？」

りさが、微妙にずれた言葉遣いでおそるおそる尋ねてくる。体温計のような形をしたフバニウム測定器には、「０・１８μ　Ｗ《マイクロワギト》」の文字が表示されていた。

「ここはまだ、大丈夫みたいだ」

りさにそう言いながら、瑛介からＬＩＮＥでもらっていたメッセージを改めて確認する。瑛介によれば、『一年間に１ｍＷ《ミリワギト》浴びたら人体への影響に気を付けなくてはいけない』ということだった。形がよく似ていて初めは区別がつかなかったが、「μ《マイクロ》」は「ｍ《ミリ》」の千分の一の単位らしい。そこから考えると、ここはまだそれほど危険はないと言えそうだった。

「佑太さん、あれ、見えます？」

りさが右手を伸ばし、前方を指し示す。その先に再び青い炎がゆらめいているのを見て、佑太たちはそれ以上の会話を止《や》めた。

青い松明の手前には、太い柱のようなものが見える。近づいてみると、柱の正体は天井まで届くほどの巨大な岩石だと分かった。岩石を真ん中にして道は二股《ふたまた》に分かれていて、青い松明は右側の道の壁にだけ取り付けられている。

「『こっちに進め』って、ことですかね」

「素直に見れば、そうだな」

りさにそう答えながら、長年RPGをやってきた癖で、これは何かの罠《わな》ではないかと考えはじめる。ただ、フーバー星人側の視点に立って考えた場合、これだけ奥深くにまで足を運んだ相手に、わざわざ罠を仕掛ける理由はないように思えた。

「右に行こう」

はっきりとそう口にして、分岐を進み始める。壁に設置された松明は、佑太たちがそのそばを通る間も、変わらず青の炎を揺らめかせていた。

「ここを通路にしている宇宙人たちが、あの松明を置いたんでしょうか」

「たぶん、そういうことじゃないか。目印にして、仲間が迷わないようにしてるのかも」

そう話しながら、佑太はりさが訳した「兄のメッセージ」を思い出す。

「『フーバーの誇り高い技術は、仲良しごっこに使わせない』、だったか」

佑太がうろ覚えの内容を口にすると、りさが心配そうにこちらを見た。

「仲良しごっこじゃなく、自分たちのテロ準備のために使うんだってことなのかもな」

話を黙って聞いていたりさは、目をわずかに見開き、小さくつぶやく。

「じゃあ、あの松明は……」

「お兄さんか、その仲間が設置してる」

佑太があとを引き取ると、りさは大きく一度だけ頷いた。

それからしばらくは、二人とも口を開かず、黙々と選んだ道を歩き続けた。

スマートフォンのバッテリーはいつまで持つだろうかと不安を覚え始めたところで、唐突に、行く先のレールが途切れているのが目に入った。その脇には、また赤色のトロッコが横倒しになっているのが見える。

「……こっちじゃなかったのか」

周囲を見渡してみた限り、ここは行き止まりのようだった。再び元来た道を戻ろうかと考え始めていると、りさが左の壁を指して声を発した。

「ユウタさん。これ、何だと思いますか？」

りさが指差した先にあったのは、隅々まで錆《さび》が広がった長方形の物体だった。中央部に三つ並んでいる円形の突起は、何らかのスイッチのようにも見える。その長方形の下に、途中でへし折れたレバーが落ちているのを見て、脳裏にある想像が浮かんだ。

「操作盤かな」

「……と、いいますと」

りさに促され、佑太は自分の考えを話し始める。

「錆びちゃってるけどさ、ここにボタンみたいな部分が三つあるだろ？　右押したら荷物が上がって、左押したら下がる。真ん中押したら止まる。そういうふうに見えないか？」

「たしかに、見えてきました」

りさは目を皿にして、錆びた長方形の装置を見ている。佑太は頷いた後、坑道の天井を見上げた。

「もしそうだったら、この上は……」

スマートフォンのライトを向けようとしたところで、ふいに異常に気づく。自分の手元以外から、光が放たれている。その青い光源は、りさの耳元にあった。

「りさ、それ」

話しかけたところで、目で制される。今、りさは唇に人差し指を一本立て、彼女にしか聞こえない何かを聴いていた。

「……合言葉を、言えって」

「フーバー星人から？」

可能な限り声を潜めてそう尋ねる。りさは頷き、隣の佑太に囁《ささや》き返した。

「はい……でも、兄じゃないです」

フーバー星人同士だけが使える、耳に埋め込まれたマイクロチップによる通信。相手側から送られてきた内容から推測すると、フーバー星人たちは、この通信を使って坑道の通行を管理していたらしい。ただ、突然「合言葉」と言われても、相手が求めている正解には、まったく見当がつかなかった。

「道に迷っている、って、フーバー語で伝えられるか？」

すぐ上に控えているかもしれない相手に聞こえないよう、声を潜めて尋ねる。りさは頷くと、ゆっくりと口を開き、これまで聞いたことのない発音で話しはじめた。かろうじて、半濁音の響きが何度も出てきていることだけが分かる。佑太が今まで聞いた音で一番近いのは、『スターウォーズ』に登場する「R2-D2」の声だった。

「武器は何も持ってない、も加えてくれ」

メッセージを伝え終え、相手の反応を待っているりさに、小声でそう付け加える。りさは頷くと、再びフーバー語を短く話した。

それからしばらく、何の反応もない時間が続いた。

悪印象を持たれないよう押し黙っていた佑太も、その沈黙が数分間に及ぶと、さすがに焦りを覚え始める。再びりさにメッセージを伝えてもらおうと口を開きかけたところで、ふいに頭上から物音が聞こえた。細かい砂埃《すなぼこり》が降ってきた後、坑道に一筋の光が差しはじめる。突然の日光に目が耐えられず、空いていた左手を顔の前にかざすと、頭上からは、意味の取れない会話が漏れ聞こえていた。

やっと目が慣れ始めたところで、巻き上げ機の建物で見たのと同じ、頑丈そうな縄が上方から降りてくるのが見える。同時に、凶暴な怒鳴り声も上から降ってきた。フーバー語らしく、意味はまったく理解できない。

「なんて言ったの」

日の差す方向へ視線を向けながら、ほとんど口を動かさずに尋ねる。

「登れ。反抗したら殺す」

りさから返ってきたのは、刺激的な日本語だった。

懐かしい匂《にお》いがする。手首を後ろ手に縛られ、目隠しと猿ぐつわまでされていた状態だったが、佑太は今自分がどこにいるか、ほとんど確信に近い感覚を持っていた。滑車のついた引き戸が閉まる音を聞きながら、やはりそうだと思う。おそらく今、佑太は平山豆腐店の一階に立っていた。

背後には、坑道の出口で佑太たちを縛り付けた覆面の二人組が、今も銃を持って立っている気配がある。極度の緊張状態の中、子どもの頃、おつかいで冷奴と平山さん手作りの漬物を買いに行った記憶を呼び戻しながら、できるだけ詳細に店の間取りを思い出そうとする。

一階の店舗は入口が広く、引き戸を開けるとすぐに、什器《じゅうき》の湾曲したガラスごしにできたての油揚げや生揚げが陳列されていた。奥には出来上がった豆腐をさらすステンレスの水槽があり、冷蔵庫や台所も、来店者がすぐに見えるような位置にあったはずだった。

ここが昔と同じつくりのままだとすると、入口からほとんどすべてが見通せてしまうため、誰かを監禁するには都合が悪いはずだ。佑太たちは、豆腐屋の平山さん夫妻が住んでいた、二階の居住スペースに連れていかれるのかもしれない。そんなことを思い巡らせていると、唐突に、背後にいる二人組の片割れがフーバー語で何かを命令する声が聞こえた。それからすぐに、店舗の奥から別の誰かが近づいてくる気配を感じる。

「うっ」

何か抵抗する間もなく、佑太は配達される絨毯《じゅうたん》のように、身体《からだ》の両端を乱暴に持ち上げられていた。一人に脚、一人に肩を持たれ、ひどく揺すられながら移動している。どうやら今は、階段を下っているようだった。

冷たい床にうつ伏せに降ろされ、一切の説明がないまま、その場に置き去りにされる。自力で立ち上がろうと寝返りを打つと、耳にざらりとした感触を覚えた。硬くはあるが、コンクリートほどの強度ではない。その表面が少し凸凹《でこぼこ》しているところから想像すると、佑太は今、土間のような場所に横たわっているようだった。

ここに運び込まれたのは、自分一人だけだろうか。焦燥感を覚えはじめていると、フーバー語で男二人が会話しながら近づいてくるのが分かった。わずかに女性のうめき声が聞こえ、どうやら、りさも佑太と同じようにここへ運び込まれてきたらしいと気づく。男が覆面越しにフーバー語で何かを話す声が聞こえた後、階段を登る足音が二組聞こえ、再び室内に静寂が訪れた。

「……ふーははん？」

佑太と同じく猿ぐつわを嚙《か》まされているらしいりさが、そばで声を発する。それはほとんど吐息に近いもので、おおよそ言葉にはなっていなかったが、佑太には不思議とりさが自分の名前を呼んだのだと分かった。

「んー」

なるべく肯定の言葉に聞こえるように縄の端から声を出す。結局発せられたのは、荒い鼻息のようなものだけだった。

言葉での意思疎通はできないままだったが、りさがいると分かったことで、いつまでも横たわっていてはいけないという気持ちが湧《わ》いてくる。

手と目、それに口が縛られてはいたが、足だけは自由だったため、立ち上がることはできそうだった。寝返りを打ち、まずは上体を起こしてみる。足に力を入れればこのまま起立できそうだったが、何も視界がない状態で立ち上がることは想像以上に勇気が要った。

天井は、どのくらいの高さがあるだろう。あの男たちが平気な様子で二人を運んできたことを考えると、それほど低くはないはずだ。意を決して起立しかけたところで、外からタイヤが砂利を踏むような低い音が聞こえてきた。

耳をそばだて、上の階の物音を少しでも聞こうと神経を集中させる。しばらくすると、怒りを孕んだフーバー語がかすかに聞こえた。どうやら、フーバー星人が誰かを叱《しか》りつけているらしい。その状況を意外に思いながら、じっと物音に聞き耳を立てていると、素早い足取りで階段を降り、こちらへ近づいてくる物音が聞こえた。

身構える間もなく、足音はすぐそばまで迫っていた。新たな侵入者は、佑太のそばで足を止めると、突然、フーバー語で怒鳴り始めた。その暴力的な罵声《ばせい》に、佑太はこの場所に来て初めて、本能的な恐怖を感じる。

フーバー語の内容は相変わらず理解できなかったが、叱責《しっせき》の中には「リサ」という言葉が聞こえたような気がした。獰猛《どうもう》な肉食獣の唸《うな》り声を思わせる怒声とともに、りさが小さくすすり泣く声が聞こえ始める。話の内容は理解できなかったが、りさが何か酷《ひど》いことを言われていることだけは、はっきりと理解できた。

佑太は意を決し、両脚に力をこめて立ち上がった。抗議の声を発しようと口を開きかけたところで、突然、ものすごい力で胸ぐらを掴まれ、自分の身体が持ち上がる。明らかに自分に向けられている罵倒《ばとう》の後、視界を奪っていた目隠しが、むしり取るように取り払われた。

目の前には、青い炎に照らされた異様な風体の男がいた。白いターバンのようなものをX字型に顔に巻いており、そのターバンの間からは、冷酷そうなライトブルーの眼が覗いている。その背後には、目隠しを取り払われ、大粒の涙を浮かべてうずくまるりさの姿があった。

白いターバンの男は、その視線を佑太から逸らさぬまま、懐から慣れた手つきでナイフを取り出す。その鋭利な先端が冷たい青に光るのを見て、全身から血の気が引いていくのが分かった。

男は躊躇《ちゅうちょ》なくその刃を佑太の顔へ寄せると、猿ぐつわを乱暴に切断した。その拍子に、佑太の右頬《みぎほお》がわずかに裂け、赤い血が口へと伝う。白いターバン姿の男は、その血を一向に顧みることなく、佑太の身体を地面に振り落とした。

「ぐっ」

背中を強く打ち、無意識にうめき声を漏らした佑太を、男は氷のように冷たい目で見下ろしていた。

「お前は、何が目的なんだ」

聞こえてきた言葉に、耳を疑う。流暢《りゅうちょう》な日本語を発したのは、目の前の白いターバン姿の男だった。

唐突に、この装束を自分が以前どこで見たかを思い出す。サービスエリアのニュースで、「星の守り人」の首謀者として名前を挙げられていた男。たしか、「セラニナンカ」と呼ばれていたはずだ。何も言えずにその表情を見上げていると、男はりさの猿ぐつわをナイフで断ち、さらに言葉を続けた。

「妹の身体を利用して金を稼ぎ、いずれはゴミのように見捨てるつもりだったのだろう」

「……妹？」

　思わずそう尋ねると、男は顔に巻かれたターバンを乱暴に解き始める。現れた顔には、はっきりと見覚えがあった。りさがスマートフォンで佑太に見せてくれた写真。少し歳《とし》を取り、頬も落ちくぼんでいたが、その怜悧《れいり》な目と彫りの深い顔立ちは変わっていない。ターバンの下から現れたのは、りさの兄、ガイ・タティスカンナ・ワギトの顔だった。上半身だけをなんとか起こしつつ、佑太は、信じられない気持ちでりさの方を見る。

「お兄さんが……星の守り人の、リーダーだったのか」

　りさは潤んだ目をガイと佑太に交互に向け、ひどく困惑していた。どうやら彼女自身、目の前の事実を初めて知ったらしい。二の句を継げずにいると、ターバンを取ったガイが、低く明瞭《めいりよう》な声で話し始めた。

「セラニナンカはシンボルだ。世界中に存在しているが、どの場所にも存在していない。私はセラニナンカの一部にすぎない、ということだ」

　ガイの言い回しは難解だったが、佑太はおぼろげにその意味を理解する。

　どうやら、「星の守人」の首領であるセラニナンカは、特定の誰かではなく、フーバー星人たちが複数人で作り上げた存在らしい。

「お前の目的は何だ。答えろ」

「……りさの願いを、叶え」

言い終わらないうちに、右側頭部に衝撃が走る。自分がガイに蹴《け》り飛ばされたと気づいたのは、頭を土間に打ちつけた後だった。

りさの悲鳴が、地下室に響き渡る。ひどく気分が悪かった。吐き気が胸をせりあがってくる。口の中には、鉄の味が広がっていた。

「妹を気安く呼ぶな。次に名前を呼んだら殺す」

冷え切った眼は、ガイの言葉が単なる脅しでないことを雄弁に語っていた。

「私は妹に、絶対にここへ来るなと言ったんだ。お前がそそのかしたんだろう」

「違う」

声の主は、りさだった。両腕を縛られたまま、片膝《かたひざ》を立ててなんとか立ち上がると、ガイに近づきながら話しはじめる。

「お兄ちゃんを……清火リレーの襲撃を止めたかったの。ユウタさんは、それを手伝ってくれただけ」

「襲撃を止める必要など、どこにもない。まだ分からないのか」

身長の高いりさが立ち上がり、詰め寄る姿には迫力があったが、ガイの巨軀《きょく》はびくともしない。佑太を蔑《さげす》むように見下ろすと、血の付いたナイフを指し向けた。

「この星の人間は、我々を不当に支配している。我々の先祖が開発した技術と資源を搾取し、その恩恵を享受しながら、フーバーの民を差別し、抑圧し、そして社会から排除しようとしている」

ガイの話を聞きながら、街頭で拡声器を持ち「宇宙人から市民を守る」と叫んでいた男たちのこと、黒のコンタクトレンズを外すりさの姿を思い出す。今の佑太には、ガイの言葉に心の底から「違う」と抗議することができなかった。ガイは続ける。

「『共生』だの『平和』だのと聞こえの良い言葉を使い、表面だけを取り繕った茶番で人民のガス抜きをすることで、弱い者を搾取し続ける。かつてフーバーの民が作り出したものをわが物顔で使用しながら、茶番で何度も嘘を刷り込み、この星の人々全員に、不当な強奪を当然の権利なのだと思いこませる。まさに、悪魔のような連中だ」

ガイはそう言いながら、地下室の壁に掲げている青い松明を指す。

宇宙友好博覧会を「茶番」と表現するガイの気持ちは理解できなくもなかったが、だからといって、そのイベントを襲撃して罪もない人々を傷つけていいはずはなかった。

「結局、あんたたちは、清火リレーでテロなんかやって、何がしたいんだ」

「ユウタさん」

本音を引き出すために、わざと挑発的な口調で言う。りさが心配そうに名前を呼んだが、今はこの態度を変えるつもりはなかった。ガイは佑太を鋭く睨《にら》んだ後、厳かな口調で答えた。

「あの茶番への襲撃は、我々のメッセージを発信する絶好の機会になる。『異星人との共生・平和』を掲げる虚構をフーバーの民が妨害することで、我々は、真実が別に存在することを地球人に理解させる」

「異星人との友好・平和」を掲げるイベントが、異星人によって攻撃される。もしそんな事件が起きてしまえば、世論が動揺するのは確かだった。ガイは低い声で続ける。

「民衆を抑圧から解放するには、政府がその外面《そとづら》ほど強くないことを示せば良い。我々は、地球人に従わざるを得ないと考えている同胞たちに、広く勇気を与える」

「……勇気を与えて、それで終わりか」

佑太の言葉を聞くと、ガイの視線はそれだけで人を射殺せるほどに鋭くなった。

「終わりではない。それどころか、ここからすべてが始まる」

苛立《いらだ》ちつつ、ガイは短く息を吸うと、「星の守り人」の真の目的について語り始めた。

「この地は、我々にとっての『開放された戦線』だ。象徴的な襲撃により我々の理念を全世界に発信し、共感するフーバーの民をこの『危険区域』に結集させる。その上で武装蜂《ぶそうほう》起《き》し、宇宙船周辺を聖地とした、フーバーの民による独立国をこの地に立てる」

「星の守り人」がテロの先に掲げる理念は、佑太にとって予想だにしないものだった。執念の炎を瞳に燃やしながら、ガイは続ける。

「『清火リレー』という茶番は、地球人たちの薄汚い思惑が積み重なった結果として、巨大なメディアイベントと化している。あの催しの最中に我々が『成果』を出せば、愚かなメディアが熱狂的に我々の『事件』と『動機』を取り上げる。結果として我々は、各地に存在する潜在的な支持者に、崇高な目的をあまねく伝えることができる」

ガイが語る襲撃後のシナリオを聞きながら、佑太は、この場所に彼らがアジトを置いていた理由を知る。ガイたちは、「危険区域」をこの国から奪い、フーバーの民による独立国に変えようとしていた。

「……ずいぶん、身勝手な目的だな」

佑太がそう口にすると、ガイは足を踏み込み、ナイフの腹を佑太の首に当てた。

「これ以上ふざけた口を利くと、この場で今すぐ殺してやるぞ」

「真剣だよ。少なくとも、あんたと同じくらいには」

冷えた刃先の温度を頸動脈《けいどうみゃく》のすぐ脇に感じながら、そう答える。自分でも奇妙に思えるくらい、気持ちは静かに落ち着いていた。

「宇宙船が落ちてから、この国がやった理不尽なことは一つや二つじゃないから、あんたが怒るのも無理はないと思う。でも……正義ぶってるあんたらも、結局自分勝手だ」

ガイに睨み付けられながら、佑太は静かに目を閉じ、それから再び相手の青い眼を正面から見据える。瞼の裏には、鶏小屋の前で立ち尽くす佑蔵の姿が焼き付いていた。

「あんたがフーバー星人を集めて独立するって言ってる場所は、俺の生まれた町だ」

そう告げると同時に、ガイの視線がわずかに変化した。佑太は、方角の分からない地下室で、きっと自分の家がある方向へと目を向ける。

「この豆腐屋の脇にある高台に、青い屋根の家あるだろ。あれが、俺ん家《ち》だ」

これまで何を考えているか不透明だったガイだったが、その表情から、頭の中で佑太の家を探し当てたらしいことが分かる。佑太は頷いた後、再びガイに目を向けた。

「たいしてでかくもねえし、その割にローンは一丁前に残ってるし、あれより立派な家なんていくらでもあると思うけどな……俺が育った家は、世界であそこだけなんだよ」

これまで憎悪に燃えていたガイの眼の中に、別の感情が浮かびはじめている。佑太は、ガイの抱いているその感情を、自分もよく知っているような気がした。短く息を吸うと、一つの可能性に賭《か》け、ガイに再び話しかける。

「……難しいことたくさん言ってたけど、あんた結局、家に帰りたいんじゃないか」

頷くことこそなかったが、自分を見つめ返したその眼には、これまでのような冷酷さはなかった。その暗く沈んだ、社会を怨《うら》むような表情は、りさと出会う前の自分によく似ていた。

「俺も、帰りたいよ。家に帰りたい」

この十年、ずっとどこかでそう思っていた。初めて声に出した思いは、凶器を持って立つガイの元にも、かすかに届いたように見えた。

「ただの建物じゃないんだ。差別とか、危険とか安全とか、そんなこと考えないで済む、安心できる場所が家なんだ」

佑太は、半ば自分自身に言い聞かせるように話していた。ガイの背後に立つりさは、兄と佑太の表情を、心配そうな様子で交互に見守っている。

「帰りてぇよ。家に帰りたい。それで、安心したいんだ。本当はただ、それだけなんだよ。……あんたも、そうなんじゃないか」

痛いほどの沈黙。裂けた右頬の傷口が脈打つのを感じながら、息をつめて答えを待つ。固く結んだ唇がわずかに震えはじめた頃、首筋から、ついにナイフの切っ先が離れた。

「お前は一体、私にどうしろというんだ」

ガイは、唸るように声を発する。その視線は、壁にある松明に向けられていた。

「私の家は、私の故郷は、フーバー星にしかない」

ガイがそう話すのを聞きながら、佑太は「星の守り人」という組織名の意味が理解できたような気がした。彼らは、ここでない星への忠誠を守り続けることで、同時に自身の誇りを守っているようだった。

「……俺もずっと、ここしかないって思ってた。戻れなくなってからは、どこにもないと思ってた。でも今は、手伝ってくれる人さえいれば、似た場所だったら作れるんじゃないかと思ってる」

佑太自身、故郷に立ち入ることができなくなったことで強い喪失感を覚え、この十年は毎日を自暴自棄に生きていた。だが、常盤木りさに振り回されながらもう一度自分の故郷に戻ってきたことで、自分にとっての「家」のようなものが、心の内側に新たに築かれていることに気づきはじめていた。

「ここは俺の故郷《ふるさと》だから……あんたが勝手に、ここをフーバー人だけの独立国にするなんて言うなら、俺は死ぬ気で反対する。でも、あんたが家みたいな場所がほしいんだって言うなら……力になりたい。地球人とフーバー星人とでも、新しい家は、作れるだろ」

真剣な表情でそう声をかけると、ガイは困惑した表情でこちらを見た。

「お前は、何なんだ。なぜ自分の敵相手に、そんな馬鹿げたことを言う」

「敵じゃないからだ」

佑太はそう短く応じた後、ガイの鋭い眼光を正面から捉《とら》え、さらに告げる。

「俺もあんたも……宇宙船がこんなとこに落ちて、人生狂った仲間同士だろ」

対話を続けていくうちに、佑太はガイが自分とよく似た感情を抱いていることに気づいていた。おそらく違いは、抱いた怒りをどこへ向けたかだけだった。怒りを外へ向けたガイはテロリストに、怒りを内に向けた佑太は、自分を痛めつけるように生活を送る夢のないフリーターになった。お互いの根本にあるのは、「故郷を突然追われる」という理不尽へのやり場のない怒りだった。表面上は何もかも違うように見えても、同じ理不尽を経験した人間同士なら、きっと仲間にだってなれる。あの宇宙船がきっかけで生まれた分断を目にするのは、もうたくさんだった。

佑太の声を聞いたガイは呆れたように首を振り、フーバー語で低く何かをつぶやいた。

「本当に厄介な男を連れてきたなって」

「勝手に訳すな」

ガイは、りさを短く叱責する。ただその口調は、先ほどまでより落ち着いていた。

「お前の考えは理解した。子どもじみているが、聞くべき点もある。だが、地球人の中でお前のような思考をする人間は、ごくわずかだ」

ガイはそこで言葉を切ると、佑太に再び険しい目を向ける。

「重要なのは、我々の行動は、起きたことに対する報復であるということだ。フーバーの民を迫害しようとする地球人がいたからこそ、我々の組織が結成されている。順序は断じて逆ではない」

ガイに鋭い語気で指摘され、佑太は小さく頷くことしかできなかった。織部新一朗がまさにそうであるように、「宇宙人」を他の人間とことさらに区別し、あえて日本人との対立を煽《あお》るような政治家が、少しずつ人気を獲得しはじめている。それに対する反応が「テロ」というのはあまりに乱暴ではあったが、自分がもしフーバー星人であれば、不安を覚えて行動を起こしたくなる気持ちも理解できないことはなかった。

「お前の故郷への思いは認める。だが我々も、そう簡単に現在の目標を変えるわけにはいかない。聖地への国家の建設は、我々にとっての旗だからだ」

宇宙船が落ちた場所を、ガイは「聖地」と呼んでいた。その呼称に故郷の星への強い思いを感じながら、佑太は複雑な思いでガイの眼を見る。ガイのライトブルーの眼は、ここではないどこかを見ていた。

「現実に打ちのめされ、うちひしがれた人間には、理想が要る。ただ生きていくためにも、理想という旗が必要になる。何不自由なく生きてきた地球人には、理解できないだろうがな」

ガイは唸るように言うと、今度は明確に佑太の両目を見据えた。

「我々にとっての旗が、あの宇宙船の下での建国だ」

ガイが確信に満ちた口調で言い放つのを聞きながら、佑太は、その強固な意志を改めて感じていた。

「あんたの言い分も、正直分かるんだよ」

現実に打ちのめされた人間には、理想という旗が要る。漂着事件以降、死んだように生きていた自分には、その言葉の意味するところが自然に理解できた。

「でも、別の旗もあると思うんだ。俺もあんたも、いっしょに掲げられるようなやつが」

「別の旗」

訝《いぶか》しむように繰り返すガイに、佑太は頷く。これまでの旅で経験したことを思い起こしながら、佑太には、あるアイディアが浮かんでいた。

どう伝えようか逡巡していたところで、ふいにガイの耳元が青く光る。同時に上階から、不穏な物音が聞こえ始めた。

怒鳴り合う声と、ガラスの割れるような耳障りな音。部屋を踏み荒らすような足音は、次第に数を増していた。ガイは右耳を手で包み、険しい表情でフーバー語を口にしている。交信を終えると、射殺すような眼差しで佑太を睨んだ。

「……お前が、呼んだのか」

その声は、ここに入室してきたときと同様かそれ以上の殺気を孕んでいた。

「何を」

「惚《とぼ》けるな！」

瞳孔《どうこう》の開いた眼で見据えられ、息がつまる。上階の物音は時間が経過するとともに激しくなり、日本語とフーバー語らしき口論の声も地下まで届き始めていた。

「一歩も動くな！　武器を地面に置け！」

日本語でそう命令する声が響いたとき、佑太は、ガイの恨みのこもった眼差しを、ただ受け止めることしかできなかった。

「汚い奴らだ」

ガイは、吐き捨てるように言った。

その耳元が何度も青く輝く中、乱暴に階段を降りる何人もの足音が聞こえる。振り返ると、全身を白い防護服に包んだ集団が、その手元に銃を構え、次々と地下室へと下ってくるのが見えた。数人は防護服の上から黒く分厚いベストを着ている。肌が一切見えない、白と黒の集団が次々と部屋を埋めていく様子は、ただただ異様だった。何が起きているか理解できないまま、防護服の集団は、佑太とりさ、それにガイを取り囲む。

「ユウタさん」

りさが、か細い声で自分の名前を呼ぶ。その視線は、痛いほど佑太に注がれていた。

「……違う、俺が呼んだんじゃない」

やっとの思いで口にした言葉は、防護服の集団が地下室を蠢《うごめ》く音でほとんどかき消された。銃をかまえた防護服の男が、マスク越しに大声を発する。

「警察だ！　手を挙げ、武器を捨てろ！」

周囲を防護服姿の警官に囲まれたガイは、周囲の地球人を蔑むような目で見下ろした後、抵抗することなくナイフを床に捨てた。ゆっくりと両手を挙げると、憎しみのこもった眼差しを佑太に向けた。

「地球人を、一瞬でも信じた私が愚かだった」

手錠をかけられたガイは、前後と両脇を防護服の警官に固められ、地下室の階段を登っていた。佑太とりさは二名の警官に付き添われ、その後ろから間隔をあけて付いて行く。佑太の隣に付き添っていたのは、防護服に身を包んだ東人だった。

「本部からの指示でな、増員された機動隊と合同で、『危険区域』全部、抜き打ちでローラー作戦かけることになったんだわ。匿名でここに『宇宙人が住み着いてるらしい』って通報もあってな」

東人はくぐもった声で立ち入り捜査の事情を説明する。

「決まりだからな、ここで見つけた人間は署に連れてくことになってんだわ。でも、お前らは無理やり連れ込まれたんだろ？　だったら、ちっと事情聴取されて、それで終わりだからよ」

東人はこちらを安心させるように声をかけてくれたが、佑太は何も答えることができなかった。

地下室を出ると同時に、明るい光が目に飛び込み、佑太は思わず顔をしかめる。地下室の入口は、玄関からは死角になっている銀色の業務用冷蔵庫の裏側にあった。豆腐屋の建物の外には、容疑者を護送する機動隊の車両とパトカーが数台、列になって停まっている。先頭を行くガイは、ちょうど店を出ようとしているところだった。

その姿を目で追っていると、ふいに、ガイの耳元がわずかに青く光ったのが見えた。

誰かが、ガイと通信している。佑太の心臓は、早鐘を打ち始めていた。気を落ち着かせようと息を深く吸いながら、周囲を見渡す。ガイが車両との間には、今はまだ十メートルほどの距離があった。

「あれ」

　隣の東人が、ひとりごとのようにつぶやく。その眼は、ガイの後頭部に向けられていた。佑太が止める間もなく、東人は前を行く年配の警官に声をかけていた。

「今、光りませんでした？　あの、宇宙人の耳」

「なに訳分かんねえこといってんだ」

「いや、絶対光りましたって」

　東人はそう言うと、佑太の隣にいるもう一人の警官に声をかける。

「すんません、ちょっと見ててもらっていいですか。あ、大丈夫です。こいつ俺の友達なんで、絶対逃げたりしないんで」

　東人はそう言い残すと、いったん列を離れ、ガイのいる前方へと小走りに近づいていく。ガイがその姿を目で追っていることに気づき、佑太の胸を、言いようのない不安が覆っていく。

「すみません！　横田巡査長、いいすか。ちょっと」

　東人が最前列の左側にいたらしい「横ちゃん」を大声で呼び止めたことで、列が一時的に止まる。

　東人は自分の耳に触れ、ガイにあった異変を説明しようとしていた。その後頭部に一瞬、赤い影がゆらめいたように見え、佑太は息を呑む。すぐさま周囲を見渡すと、豆腐屋の左奥、佑太の自宅が立つ高台の上に、子どもの頃の記憶にはない、黒い塊が蠢いているのが見えた。再び列に目をやると、ガイは今、その耳元を青白く輝かせたまま、フーバー語で低く何かをつぶやいていた。

「ほら、あれ！」

　前列にいた東人もそれに気づき、ガイを指差し叫ぶ。その直後、東人の白い防護服の背中に、くっきりと赤いポインタが現れた。

「東人！」

　考える間もなく、東人の元へ走りこんでいた。視界の隅で黒い塊がわずかに動く。すべての動作がひどく緩慢に見えた。東人の肩に両手をかけ、力任せに突き飛ばす。同時に、鋭い銃声が鳴り響いた。

　東人の驚いた顔。一斉に振り返る白い影。列の先頭から見つめる、青い瞳。

　一瞬の光景が、やけに鮮明な色彩を持って脳裏に飛び込んできていた。呼吸が詰まり、足がもつれる。それ以上進むことができず、佑太は、へし折れるように地面へ倒れた。

「……おい、救急車！」

　突き飛ばされた東人が起き上がり、銃弾の撃ちこまれた方向を睨みながらそう叫んでいた。その声が合図になり、失われていた感覚が戻ってくる。

脇腹が、燃えるように熱かった。激痛に顔をしかめながら視線を落とすと、自分の衣服が、どす黒く染まっているのが見えた。りさの高い悲鳴が、あたりに響き渡る。

「佑太待ってろ……お前、死んだら一生許さねえからな！」

東人の切迫した声と、走り去る音。その姿は見えなかったが、佑太には、東人があの高台へ向かったのだと分かった。

「ユウタさん！」

強く手を握られ、その感触で、りさが隣にいることに気づく。

「ユウタさん、ユウタさん、ユウタさん……いや、嫌です、こんなの」

りさは自分の衣服が赤く染まるのを厭《いと》わず、傷口から溢《あふ》れる血を両手で止めようとしていた。その横顔をぼんやりと眺めながら、りさとこの町に向かう旅の中で、奇妙なくらい気持ちが落ち着いていた理由に思い当たる。

自分はどこかで、この終着点をずっと期待していたのかもしれない。

脳裏に宇多莉町で暮らした記憶と、りさに会ってからの出来事が次々とよみがえる。

あの宇宙船がこの町に落ちてから、佑太は自分にとって一番大事なものに背を向けて、灰色の人生を送っていた。ずっとどこかで、死に場所を探し続けていた。それでもりさと会ってからは、すべての出来事に暖かい色彩が灯っていくような、そんな感覚を日々抱いていた。

「……ここに来れて、よかった」

高台にある青い屋根に目をやりながら、震える声でつぶやく。

「ここで死ぬなら、それでいい」

「勝手なこと、言わないでください！」

りさは、これまで聞いたことのないくらいの大声を出していた。

「まだ言えてないこと、たくさんあるんです」

痛いくらいに佑太の右手を強く握り、ライトブルーの瞳に大粒の涙を浮かべながら、りさは佑太を見つめている。

「だから……これでいいなんて、言わないで」

視界の隅が暗くなっていく。その中心で輝く瞳を見つめていると、佑太の全身がどこか懐かしい気持ちに包まれ、力が抜けていくのが分かった。

十五．夢幻

鏡沼の水面に、卵が浮いている。その卵は本物にしては光沢があり、機械的で、何より大きすぎた。中央から包丁で真っ二つに切られたようなその卵は、横倒しの状態で、本物であれば黄身のある部分に小さな子どもを乗せていた。

高台から沼の高さまで降りてきた佑太は、水面のすぐ傍らまでさらに歩を進める。頭上には、樹から落ちた蟬《せみ》が発するようなジジジという音を鳴らしながら、銀色の宇宙船がいやに遅く落下し続けていた。

あれが落ちてきたら、この町はどうなるんだろう。ぼんやりとそんなことを考えていると、頭の中で「まずは自分の心配をしろよ」と瑛介の声が聞こえた気がした。それもそうだと思いながら、佑太は水面に浮かぶ卵に改めて目をやる。

卵は、高台から見下ろした時より沈んでいるように見えた。はじめは、自分の眼の錯覚だと思っていた。だが、沼の縁まで来たところで再びよく見てみると、やはり先ほどよりも水面に浮かんでいる面積が減っているように感じられる。

視線を上げ、卵の上に乗っているライトブルーの瞳の子どもに目を向ける。どうやら彼も、自分が乗ってきたものの異変に気づいたようだった。

その表情が徐々に不安そうに曇っていくのを見ながら、佑太にも少年の心細い心境が伝わってくる。効果があるかは分からなかったが、両手を口に当て、呼びかけてみることにした。

「大丈夫ですかー？」

少年は、黒い短髪の下でライトブルーの瞳を泳がせ、小さく首を傾《かし》げただけだった。もしかすると、声のかけ方が悪かったのかもしれない。佑太は気を取り直すと、別の言葉をかけることにした。

「俺、ユウタっていいます！　青砥、佑太です。そこの高台の方に住んでます」

大きな身振りで、自分と家の方を順に指しながら、そう伝える。「相手に信頼されたいなら、まず自分のことをちゃんと話せ」というのが祖父の佑蔵の教えだった。

住んでいる場所まで言うことはなかっただろうかと思いつつ、相手の様子を再び確認する。少年は陶器のように白く整った顔を、黙ってこちらに向けていた。その表情だけでは、相手が自分の話を理解しているかどうかは判断できなかった。

「あのー、日本語って、分かりますかー？」

少しでもコミュニケーションを取ろうと、そう質問を投げかける。少年からは、何の反応も返ってこなかった。

「やっぱダメかな」

佑太は誰にいうでもなくそうつぶやく。言葉の通じない相手に、この距離からできることはほとんどなかった。やりとりをしている間に、水面に浮いている「卵」の面積がさらに狭くなっていることに気づき、佑太は再び少年の方を見る。少年もそれに気づいたらしく、その眼にははっきりと恐怖の色が浮かんでいた。

「……沈むのか」

少年が今浮かんでいる場所から沼の岸までには、学校のプールの幅以上の距離があった。少年は相変わらず一言も発さなかったが、その今にも泣き出しそうな表情からは、不安な心持が痛いほど伝わってきた。

少しでも力になろうと、周囲に何か水に浮くものがないか探しはじめる。少年の方に投げ込めば、助けになるかもしれない。だが、工事車両が引き上げてしまった空き地の周辺には物という物がほとんど見当たらず、たまに見かけるのは、大きな樹木から落ちたスギの葉と枝くらいのものだった。

自分が降りてきた高台を見上げると、背負ってきた白のエナメルバッグがぽつんと置かれているのが見えた。あのバッグは、浮くかもしれない。他に何もあてがないため、佑太はまたあの場所に戻り、鞄《かばん》をここへ持ってくることにした。

「あそこに、行ってきます！　すぐに戻ってくるから、心配しないで」

佑太は大きな身振りで高台の方を指すと、少年の目を見て言う。言葉が通じないらしいことは分かっていたが、それでも伝えておこうと思った。自分の見間違いかもしれないが、少年は、眼をしばたき、わずかに頷いたように見えた。

高台から息を切らして戻ってくると、事態は明らかに悪化していた。

「卵」は少年が乗っていた平面部分まで水に浸《つ》かりはじめ、先ほどまで座っていた少年は、より中心に寄って及び腰で立ち上がっている。今からどこかへ助けを呼びに行ったのでは、目の前の「卵」の沈没までに間に合いそうになかった。

耳障りな音を立てながら上空に浮かび続けている銀色の物体、そこから産み落とされるように繰り出された「卵」、その中心に立つ、怯えた表情の痩せた少年を順に見る。佑太は息を大きく吸い込むと、沼の中央の方に叫んだ。

「今から、そっちに行きます！　もう少しだけ、待ってて」

そう言って、ぐっと足元に視線を落とす。この町に産業らしい産業がないおかげで、水が清潔なことが救いだった。それでも、沼の底がどれほど深いかまでは見えない。佑太はエナメルバッグを沼の方へ投げ込むと、意を決して鏡沼へと飛び込んだ。

下手なクロールをしながら、少しずつ卵の方へ近づいていく。空気だけを詰めたエナメルバッグは、見立てどおり水を弾《はじ》いて浮いていた。佑太は投げ込んだバッグの元に辿《たど》り着くと、プールで昔使ったビート板のように片脇に入れ、平泳ぎでさらに卵の方へ進んでいく。鏡沼の水温は冷たく、衣服ごしに佑太の体温を確実に奪っていた。

荒い息をしながら、必死に水を掻き続ける。右手の中指が一瞬固いものに触れ、水面に顔を上げると、「卵」はもう目の前まで来ていた。浸水はさらに進み、今は水面が少年の膝まで上がっている。怯えた表情の少年に目を向けると、佑太は持ち込んだエナメルバッグを小さく叩《たた》いた。

「これ、つかんで。こう、いうふうに」

息を切らしながら、バッグを両手で抱く仕草を見せる。少年は意味を理解してくれたらしく、自分の元におそるおそる近づくと、膝を折り、細い両腕でエナメルバッグをしっかり抱き寄せた。

佑太は頷くと、バッグの肩掛け部分の紐《ひも》を掴み、沼の岸に向かって再び泳ぎ始める。体力は限界に近かったが、この子を岸に届けるまでは、力尽きるわけにはいかなかった。


「もう、大丈夫」

鏡沼の岸辺。横たわった佑太は、息も絶え絶えにそれだけ口にした。

慣れない状態で泳ぎ続けたことで、大量の水を飲み、まともな呼吸がほとんどできていなかった。視界全体が白み、すべてがこの世のものでないように見える。ただ、その中央にライトブルーの二つの光があるのを見て、佑太は胸を撫《な》で下ろしていた。

少年は、黒の短い髪を振り乱しながら、しきりに高い声で何かを口にしている。その言葉は自分が一度も聞いたことのないもので、正確な意味はまったく分からなかったが、少年が自分に感謝を伝えてくれようとしていることだけは理解できた。

「よかった、無事で」

佑太は少年の頭をそっと撫でる。鏡沼には、もう「卵」の姿はどこにも見えなくなっていた。見上げると、遠くにあったはずの銀色の飛翔体《ひしようたい》が、空き地の上空を埋めるほどに近づいてきているのが分かる。遠のいていく意識の中、佑太は少年が、自分の名前を呼んだ気がした。


瞼《まぶた》を開けると、白く無機質な天井が、佑太を静かに見下ろしていた。この天井には、いつか昔もこうして出迎えられた気がする。たしかその時は隣に母が座っていて、「学校を休んだ上に、どうしてあんなところにいたんだ」と佑太を叱《しか》ったのだった。

今、同じ場所には常盤木りさがいた。瞼を赤く腫《は》らしたりさは、佑太の右手を両手で包み、俯《うつむ》き加減に丸椅子《まるいす》に座っている。長い睫毛《まつげ》には艶《つや》があり、この子は相変わらず、どんな姿を切り取っても絵画のように綺麗《きれい》だと思った。

「……ユウタさん？」

異変に気づいたりさが、かすれた声で尋ねてくる。

「たぶん、そう」

最後の記憶を辿りながら、ぼそりという。高台からこちらを狙撃《そげき》しようとしている影に気づき、東人を突き飛ばしたところまでは覚えていた。その直後に腹部を突き抜けるような衝撃が走り、そこから先の記憶はひどく曖昧だった。

「よかった」

小さくそう言った後、りさは声を上げて泣きじゃくり始めた。嗚咽《おえつ》を漏らし続けるりさを、しばらく佑太はどうすることもできずに見守る。

「そんなに泣かなくたっていいだろ……たかが、俺なんかに」

少ししゃくり声が小さくなってきたところで、動揺まじりに声をかける。

あの宇宙船が落ちてきてから、家と家族とも離れ、流浪するように人生を過ごしていた佑太は、心のどこかで、きっと自分は誰にも看取《みと》られず、悲しまれずにこの世から消えていくんだろうと思っていた。それなのに、目の前のりさは、自分が生きていただけでこんなに泣いてくれている。そのこと自体が、言葉にできないくらい嬉しかった。

「俺なんかとか、言わないでください」

りさは少し怒ったように言った後、ハンカチで涙を拭《ふ》く。

「……お医者さんが、ユウタさんはすごく運がいいって言ってました」

呼吸が落ち着いた後、りさは病室のドアの方を見ながら話しはじめた。

「弾が腸に当たらないで、身体の外に出ていってくれてたのが良かったんだそうです。撃たれた場所が少しでも違ったら、危なかったって」

佑太は真っ白な毛布を持ち上げ、おそるおそる自分が撃たれたはずの位置を見る。腹部には真新しい包帯が何重にも巻かれていた。麻酔が効いているのか、今は痛みもない。

「当たり所が良かったんだな」

「そうですけど、当たった時点で良くないです」

佑太が言うと、りさはほとんど叱るように言った。心配してくれるのはありがたかったが、自分の容態がそれほど悪くないことが分かり、佑太はすでに別のことが気になりはじめていた。

「ガイは……お兄さんは、どうなった？」

「宇多莉交番にいます。コーリュー状態で、今は落ち着いているそうです」

「そうか」

「……警察が来たのはユウタさんのせいじゃないってことは、私の方から、ちゃんと伝えておきました」

りさから兄の現状を聞いて、小さく胸を撫で下ろす。ガイがこれからどんな罪に問われるかは分からない。ただ、大きな事件を起こす前に逮捕されたことで、その刑罰は軽く済むのではないかと思った。静かに佑太の様子を見守っていたりさは、分かりやすく息を吸うと、やけにもったいぶった口調で話し始めた。

「ユウタさんに、ずっと秘密にしてたことがあったんです。兄のことが落ち着いたら、ちゃんと伝えて、お礼を言わなきゃと思って」

「秘密？」

これまでに彼女が抱えていた数々の秘密を思い出しながら、まだこのアイドルには秘密があったのかと思う。りさは頷くと、ライトブルーの瞳でじっと佑太の目を見つめながら、静かに切り出した。

「ユウタさん、宇宙船から落ちちゃった、子どもを助けてくれましたよね」

「あぁ……俺しか、周りにいなくてさ」

先刻まで見ていた夢を思い出しながら、佑太は頷く。

寝坊して学校をサボった十年前の七月。裏山で漫画を読んでいた佑太の下に、あの宇宙船は落ちてきた。卵のような形をした奇妙な物体に乗っていた少年を、佑太は成り行きで救助することになったが、大量の水を飲んで酸欠状態に陥った結果、少年を助けた前後の記憶は、ほとんど曖昧にしか残っていなかった。

その後、政府が「非常事態宣言」に「危険区域指定」と、自分たち家族の人生を根底から変えてしまうような決定を矢継ぎ早に発表したことで、佑太は今日のこの瞬間まで、その少年がそれからどうしているかを、気にかける余裕すら持てずにいた。

「あいつ、元気かな」

ぽつりとつぶやくように言うと、りさが佑太の方を見た。

「私です」

「私？」

発言の意味が分からず、鸚鵡《おうむ》返しにそう尋ねる。「私」という言葉の意味は分かる。どうしてりさが今そんなことを言ったのかが分からなかった。りさは少し困ったような表情をした後、ベッドに横たわる佑太の頭を両手で包み、自分の方にぐっと寄せた。

「そのときの『あいつ』が、りさなんです」

りさは噛んで含めるように、佑太に向けてゆっくりと言った。

「……嘘だろ」

「嘘じゃないです」

りさのくっきりとした澄んだライトブルーの瞳は、確かに佑太が助けた少年とよく似通っていたが、それ以外の身体的な特徴は、すべてといっていいほど違っていた。

「いや、だって、あいつは」

りさの豊かな胸を間近に見て、佑太はそれ以上先を言いよどむ。佑太が助けた少年は背が低く痩せていて、こちらが心配になってしまうほどに胸板が薄かった。

「……その、全体的に大きくなってしまったので、気づかないのもしょうがないです」

りさは佑太の視線に気づき、佑太の顔から両手をぱっと放す。佑太は、しばらくまともな思考が働かず、枕《まくら》の上に落とされた頭を弾ませていた。

「あのとき、何歳だったの」

動きが収まってから、そう尋ねる。りさからはすぐに答えが返ってきた。

「十歳です。……佑蔵さんのお家《うち》で言いましたよ？　佑太さんと、会ったときのことも」

そう言われて、りさの顔をまじまじと見つめる。どうやら、あの時りさが話した「馴れ初め」の話は、全部が嘘ではなかったらしい。

「あの後に成長期が来てしまいまして、身長も胸もお尻《しり》も、急に大きくなったんです。なんだか、元々私がいた星と比べると地球の方が少し重力が軽いらしくて、それも関係しているそうで」

りさの話を聞きながら、佑太の脳裏には、ノマクさんの巨体がよみがえっていた。それから、高校時代に物理を担当していた志田が「宇宙飛行士の中には、地球から離れている間に身長が伸びる人がいる」と話をしていたことを思い出す。どこまでその影響なのかは分からないが、どうやらりさには、全身にその効果が出たということらしかった。

「でも、髪もこのぐらい短かったろ」

佑太は自分のこめかみあたりに手を当てて、そう尋ねる。りさは頷くと、先ほどまでより少し低い声で理由を話しはじめた。

「フーバー星では、戦争がはじまってからは、女の子も髪はみんな自分で短く切ってたんです。髪が長いと……お金持ちの家の子だと思われてしまって、危なかったので」

「そうか、戦争で」

りさは自身の暗い過去を淡々と語った。フーバー星人が地球を訪れた理由を思い出しながら、りさの幼少期は、戦争がそれほど身近にあったのだと思う。

「りさが乗ってた、卵みたいな乗り物あったろ？　あれって、何だったんだ」

「あれは、脱出ポッドです」

りさは当時のことを思い出しているのか、遠い目をして話しはじめた。

「父は、宇宙船の開発にも携わっていたので……ワームホールで船内がおかしくなってしまった時に、脱出ポッドのある場所にこっそり私を連れていって、地球に着いたタイミングで先に宇宙船から脱出させたんです。ただ……結果的には、脱出しなかった宇宙船の方々もちゃんと助かりましたし、むしろ私の方がピンチになったり、それが原因で兄と父の仲がすこぶる悪くなったりして、いろいろ、ダメな判断だったんですけど」

その後に家族に起きたことを思い返しながら、りさは悲しげな顔をする。佑太が黙って見守っていると、その表情は徐々に明るくなった。

「でも、そのおかげで、ユウタさんには会えたんですよね」

「まぁ、そういうことにはなる」

りさが隠すことなく嬉しそうな顔をするのを見ながら、気恥ずかしくなって目を逸らす。

りさは、気にせず話を続けた。

「だから……私が宇多莉に行きたかったはじめの理由、ユウタさんだったんですよ」

「俺？」

「そうです」

「お兄さんじゃ、ないのか」

「兄のことも、もちろんありましたけど……本当は、ユウタさんが先だったんです」

りさは、そう言って佑太の目を明るい瞳でじっと見つめる。

「あのときは私、日本語も分かりませんでしたし、ユウタさんも瀕死《ひんし》状態だったので……助けてもらったのに、ちゃんとお礼が言えなかったのが、ずっと心残りだったんです」

佑太はその声を聞きながら、沼の縁《ふち》に倒れた佑太をさすりながら、必死に声をかけてきた子どもの表情を思い出す。今までまったく気付かずにいたが、そのひたむきな姿には、確かにりさの面影があったような気がした。りさはなおも続ける。

「それで、いつか必ずお会いして、お礼を言いたいと思ってました。でも、分かってるのは十年前に宇多莉にいたことと、たぶん『ユウタ』ってお名前だったってことだけだったので……日本語をちゃんと覚えたら、宇多莉に行って一生懸命探そうって思ってたんです。

アイドルになったのは、有名になれば、もしかしたら気づいてもらえるかもって、思ってたのもちょっとあります」

「……なんか、ごめんな。こんなに有名になったのに、気づいてなくて」

「あ、でも、それは全然いいんです。人間万事塞翁《さいおう》が馬《うま》といいますか、アイドルになってなければ、あの握手会もなかったので」

どうやって日本語を覚えるとこうなるのか、りさは突然故事成語《こじせいご》を繰り出しつつ、話を続けた。

「あの握手会で、私の列の担当になったスタッフさんの顔を見た時は、ほんとに驚きました。私を助けてくれた人に、そっくりだったので」

そう話す姿を見ながら、「剝がしスタッフ」として配置についた瞬間、佑太を見つめていたりさの瞳を鮮明に思い出す。あの瞬間から、佑太の人生は突然ギアを変えたように、高速で動き始めていた。

「それで、握手させてもらったときに、思い切って尋ねてみたんです。ユウタさんは『違います』なんてイジワルなこと言いましたけど、私は絶対そうだって思ってたので、休憩のうちに、急いであの紙を用意しました」

「なんか俺、ほんとにタチ悪いやつだな」

りさから見えていた自分のことが、心底嫌になってくる。それでも彼女は、佑太を受け入れてくれていた。

「いえいえ、そういうところが、ユウタさんの味なので」

りさは、人を幸福な気分にさせる笑顔を見せてそう言った後、ふと真面目な表情に戻り、熱のこもった声で話し始めた。

「LINEのやりとりでほんとにユウタさんだって分かってからは、どれだけ無茶をしても、この人と会って、一緒に兄のところに行こうって思ったんです。私を助けてくれた人なら、兄のことも、きっと助けてくれると思って」

「……買いかぶりすぎだったな」

力なく病室に横たわる自分を顧みながら、自嘲《じちょう》気味に言う。対話の中で、一筋の光明が見えた気がしたが、自分はガイを助けることはできなかった。

「そんなことないですよ」

りさは小さく首を振ると、自分の右耳を長い指で示す。

「コーリューされた後の兄と、少し、話したんです」

「フーバー語で、通信したのか」

「そういうことです」

マイクロチップを使えば、警察にも気づかれず意思を疎通できる。りさは頷くと、静かな声で兄妹《きょうだい》の会話について話す。

「兄は、またユウタさんと話したいって言ってました。声も落ち着いていて、ここに来る前の、昔の兄みたいで」

　そう話すりさの声は、わずかに濡れていた。

「助かったんですよ。兄も」

　窓の外に目をやっていたりさは、再び、視線を佑太に戻す。そのライトブルーの瞳には、横たわる佑太が映し出されている。りさは柔らかく微笑《ほほえ》むと、優しくつぶやいた。

「やっぱり、運命でした」


　目を覚ますと、病室の窓から差していた陽《ひ》はすっかり落ちていて、宇多莉町総合病院は静けさを取り戻していた。

　元々戻ってきている若者の数が少ないからか、病室には佑太以外の姿は見えない。ずっと傍らにいてくれたりさも、今は姿を消していた。ふと、りさの座っていた丸椅子に目をやると、なにやら書き置きがあるのが見えた。枕元のスタンドを点《つ》け、手元に寄せて見ると、書置きには、りさのものらしい丸みを帯びた筆跡で「じむしょとケンカしてきます」とだけ書かれていた。

「じむしょとケンカって……」

　佑太が眠っている間に、りさが自分で事務所に向かったということだろうか。それとも、事務所側がりさを見つけたのか。その柔らかい字体と対照的に、書き置きからは不穏な雰囲気が感じられた。

身体を起こそうとすると、鈍い痛みが腹部に走る。ナースコールのボタンに目をやりながら、看護師の誰かがりさの行方を知らないだろうかと思った。

ナースコールに手をかけたところで、唐突に病室のドアが開く。その勢いはおおよそ医療従事者のものとは思えず、ドアの奥にいる人物の姿も、やはりそうは見えなかった。

「休んだままでいいぞ。ハラ撃たれてんだろ」

地獄の底から聞こえてくるような、嗄《しわが》れた低い声。そのひどく落ち着いた口調からは、この人物は普段から平気で撃った撃たれたなんて物騒な話をしているらしいことが伝わってきた。

スキンヘッドに深茶色のサングラスという出《い》で立《た》ちのため、遠目からはその年齢は分からなかったが、徐々に近づいてくるにつれ、その顔に刻まれた深い皺《しわ》から男が相当な高齢らしいと分かった。男は細身の黒いネクタイを締め、よく仕立てられた黒のスーツを着ていた。背後には付き人らしい上背のある男を連れており、さらにその後ろには、見覚えのある人影が二人並んでいた。

「りさ……と、萬城目？」

「萬城目さんです。一応」

スキンヘッドの男の後ろに控えていたりさが、反射的にそう答える。

隣の萬城目は握手会時に見せていた威勢の良さが嘘のように、肥えた身体を縮こまらせて立っていた。護衛らしき男が戸を閉めると、再び病室に沈黙が訪れる。

先頭に入ってきたスキンヘッドの男は、ゆっくりとした足取りで枕元に近づいてくると、佑太が横たわったままでも見えるよう、名刺を隣の棚に置いた。

「こういうもんだ」

差し出された名刺には、中央に大きく「九鬼伴爾《くきばんじ》」と書かれていた。肩書きの部分には、「株式会社クイーンレコーズ 代表取締役会長」と記されている。

「会長」

「校長先生、みたいな方です」

それ以上口を利けずにいた佑太に、りさが耳打ちするように言う。

「しばらく持っとけ。お守りになるらしいからよ」

九鬼は嗄れた声で言うと、口を歪《ゆが》めて笑った。その笑顔は恐ろしげで、見た目といい名前といい、実物の閻魔《えんま》様というのはこんな姿なのではないかと思う。

「話は聞いたよ。うちの馬鹿どもが、迷惑かけてすまなかったな」

「いえ……でも、どうしてここに」

「うちの看板娘が蒸発しちまったからよ、そこの太っちょシメて何喋《しゃべ》ったか聞いたんだ。

それですぐピンときたよ、こいつは故郷《くに》が恋しくなったんだってな。今このあたりに住んでる宇宙人にとって、一番故郷に近いのは『宇宙船の落ちた町』だ」

九鬼は、萬城目の方へ睨むように顔を向けた後、りさの方へ向き直った。

「この娘はな、うちの最高の商品なんだ。その商品が壊れかかってるのに気づかねえで、トドメ刺すような口利いたんだからよ、刺されようが何されようが文句言えねえよな」

九鬼の表現はことごとく物騒で、佑太は身体の芯《しん》が冷えていくのが分かる。中には、看過してはいけないと感じるような表現もあった。

「商品、なんて言い方は……」

「商品は商品だ。俺たちは人を売って商売をしてる。ただな、そんな商売をやるからには、商品にはいつだって愛情こめて手をかけてやるのが当然なんだ。そうだろ」

九鬼は、佑太の声を聞くや否《いな》や鋭く反論してきた。

初めは身構えたものの、その言葉からは、「同じ人間だから」と調子の良いことを言って相手を放任するような運営より、よほどアイドルのことを考えているらしいことが伝わってきた。

「この馬鹿はそれを忘れちまったんだな。だからりさは手元を離れた。当然の話だ」

九鬼はそう言って、ツカツカと萬城目の方へ歩を進める。萬城目の顔は、滑稽《こっけい》に感じてしまうくらい蒼白《そうはく》だった。

「この馬鹿を連れてきたのは、まずはお前らに謝らせるためだ」

「九鬼会長……」

「聞きたかねぇな！」

突然、病室内に九鬼の声が轟《とどろ》く。その迫力に、全身の毛が逆立つのが分かった。

「まかり間違えば、テメェかりさが死んでたんだ。俺ァ、そんな終わりを何遍も見てる。だからな、お前はりさとこの坊やに、感謝しなくちゃいけねえ。分かるか？」

「……はい」

萬城目は、消え入るような声で言った。

「分かったら、頭下げろや」

「……本当に、申し訳ございませんでした！」

萬城目は肥えた身体を即座に縮め、りさと佑太の方へ何度も頭を下げた。萬城目はりさや他のメンバーを苦しめてきた小悪党ではあったが、病院の床に膝をついて土下座をするその姿は、なんとも憐《あわ》れだった。

「頭を、あげてください」

何かいたたまれない気持ちでその様子を見守っていると、りさが口を開く。

「私も、大人げなかったです。お忙しいのにこんなところまで、ありがとうございます」

りさは萬城目に手を差し出す。その姿には、宗教画の人物のような美しさがあった。

「萬城目、立て。りさが器の大きい女で良かったな」

九鬼は萬城目に対してぶっきらぼうに言うと、再びりさの方へ顔を向ける。

「でもな、りさ。お前は悪かねえよ」

りさは意外そうに目を見張り、九鬼の方を見る。

「自分が宇宙人だってちゃんと言いたかったんだろ。いいじゃねえか、言えばいい」

「……言っても、よろしいんですか?」

「あぁ、言えばいい。それがお前の、本物の感情なんだからな」

九鬼はりさに頷くと、正座したまま呆然としている萬城目に声をかけた。

「いいか萬城目、よく聞け。業界の論理と本物の感情がぶつかったときにな、業界の論理を優先するとどうなるか。お前分かるか?」

「……いえ、分かりません」

萬城目が蚊の鳴くような声で答えると、九鬼が凄《すご》みのある声が返ってきた。

「業界ごと潰れるんだ。どんだけでかい業界でもそうだ」

九鬼は極道じみた口調でそう話すと、掛けているサングラスをおもむろに外した。同時に、部屋にいる全員が息を呑む。そこには、りさと同じライトブルーの眼があった。

「俺もこんなナリだからな、人間の差別心ってもんが、どれだけ根強いもんかはよく知ってる。りさが宇宙人だって明かせばな、離れる人間もそりゃいるだろう。『差別のない社会』なんつうのは、現実を知らねぇガキの夢だ」

　声を失っている部屋の面々を気にせず、九鬼は続けた。

「ただな、夢を否定しちまったら、芸能って業界はハナから存在できねぇんだ。てめぇは、そんな肝心なとこまで忘れちまってたらしいがな」

　九鬼が切った啖呵《たんか》に、りさが共感するように小さく頷いているのが見える。再びベッドに近づいてきた九鬼を見て、佑太は唾を飲み込んだ。

「萬城目には責任を取らせる。りさと坊やについて、野暮なことはどこにも書かせねぇ。手打ちはそんなとこでいいか」

「……でも、そんなこと、できるんですか」

　昨今のマスメディアは、芸能人のどんなゴシップでも好き放題に書き立てているように見えた。そのメディア相手に、本当に「書かせない」なんてことが可能だろうかと思う。

「坊やはおもしれぇ口を利くな」

　九鬼はにっと笑うと、その青い眼光を佑太に向ける。

「できるかどうかじゃねえ、俺はやるんだ」

　九鬼はドスの効いた声で言うと、病室のドアの方に目を向けた。

「院長には俺の方で話をつけて、この部屋にはおかしな奴らは出入りできねぇようにしてある。世間がやかましいうちは、坊やとりさはここで休んでろ」

九鬼の身体から放たれる剣幕に、りさと佑太は何も言えずに素直に頷く。九鬼はその様子を満足そうに眺めた後、りさに視線を寄せた。

「りさお前、復帰するならいつがいい」

「私は……」

りさはしばらく伏せていていた顔を、思い立ったように上げた。

「宇宙友好博覧会に、出たいです」

「博覧会だァ？」

九鬼は、りさの答えに少なからず驚いたようだった。その表情からは、おおよそ肯定的な感情は見られない。

「俺も付き合いだからやってるが、あれァ、広告代理店とテレビばっかり儲《もう》かって、宇宙人にちっとも金が入らねえ、なかなかあくどい祭りだぞ。『宇宙友好』なんてのは、ただのお題目だ。それでもいいのか」

九鬼は渋い顔をしながら、嗄れ声でそう尋ねる。りさは少し迷うような表情を見せたが、最後にははっきり頷いた。

「今はお題目かもしれないですけど、これから、ほんとのことにしたいです。おこがましいかもしれませんが……私が出て、お話することで、宇宙人と地球人が一緒に仲良く暮らせる、そんなきっかけを作りたくて」

「ほう」

険しかった九鬼の表情は、りさの話を聞きながら、徐々に変化していった。付き人らしき人物が近づき、時刻を伝えると「分かってる」とつぶやき、病室のドアの方へと進み始める。

「……宇宙人と地球人が一緒に仲良く暮らせるように、か。いいじゃねぇか。馬鹿みてぇにでけぇ夢だ」

九鬼は言いながら、付き人が病室のドアを開けると、ゆったりと振り返り、佑太とりさの方を見る。

「まずはお前らでやってみろ」

九鬼は青い眼を細め、不敵に笑った。

十六．祝祭

『宇宙友好博覧会、前夜祭会場に来ています。特設ステージには、休養期間を経て今日三ヶ月半ぶりに公の場に姿を現す常盤木りささんを一目見ようと、たくさんの方が訪れています。こちら、会場の外にも、多くのファンが列を作って見守っています』

座敷の一角に設置されたテレビから、中継を担当する女性アナウンサーの声が聞こえてくる。汗と藺草《いぐさ》の香りがする茣蓙《ござ》の上では、今日の仕事を終え作業着を脱いだ男たちが、団扇で顔を仰ぎながらテレビの様子を見守っていた。

『このあと十九時三十分から、常盤木りささんが所属するマリア・シスターズのステージが始まります。私もファンのみなさんといっしょに、この盛り上がりを体感しようと思います！　以上、特設ステージ入口からでした。スタジオにお返ししまーす！』

『さぁ完全生中継でお送りしています宇宙友好博覧会前夜祭、YUHAKU NIGHTですが、もう、今夜の山場といっていいでしょう、マリア・シスターズのステージが近づいてきました。あっ、今ですね……常盤木りささんが、会場に登場したようです！　ものすごい歓声です。パフォーマンスに先立って、常盤木りささんが、一人でステージに姿を現しました！』

スタジオでメインMCの男性を映していた画面が、特設会場のステージを映すカメラに切り替わる。

舞台はマリア・シスターズのイメージカラーである赤と青のネオンで彩られ、その背後には、巨大な液晶スクリーンがそびえ立っている。モニターに、青のタータンチェック柄のドレスに身を包んだりさの姿が映ると、再び大きな歓声が上がった。

『りさちゃーん、おかえりー！』

『りさりさー、俺だァー！　会いたかったぞー！』

男女問わず、常盤木りさの復活を待ち望んでいたファンの歓喜の叫び声を会場のマイクが拾っている。

はじめは、ただただ喜びの声が会場を埋め尽くしていたが、りさが一言も発さず、そして、大スクリーンに映る彼女の眼の色がこれまでと違うことに一部の観客が気づき始めたことで、会場にはにわかに戸惑いの声が広がっていった。

ざわめきの中、りさは静かに語り出す。

『みなさん、今日まで本当にご心配をおかけして、ごめんなさい』

りさはそう言って、彼女を大写しにしていたスクリーンから消えてしまうほど頭を下げた。その仕草は間違いなくりさのもので、会場にはわずかに安堵《あんど》の空気が流れるが、まだざわめきは収まらない。りさは頭を上げると、一万人以上が詰めかけた観客席へとその青い眼を向けた。

「今日はみなさんに、知ってもらいたいことがあります」

りさはゆっくりと息を吸うと、意を決したように一気に口にした。

「私、常盤木りさは、フーバー星を故郷に持つ、宇宙人です」

会場に大きなどよめきが上がる。その様子を画面ごしに見つめながら、佑太は三ヶ月半前の彼女との会話を思い出していた。


「りさは、マリスタに戻るの？」

九鬼たちが去り、自分とりさだけが残った病室。佑太はまた丸椅子に座ったりさを見上げながら、九鬼の言う「世間がやかましく」なくなった後のことについて考えていた。

「はい。みなさんに今回のことをお詫《わ》びして、またマリスタの一員としてお仕事を続けたいと思っています。……それが許してもらえるなら」

りさが不安げに付け加えた一言を聞きながら、彼女の置かれた難しい立場を思う。

りさに落ち度があるようには感じられなかったが、特にこの国では、「騒ぎを起こしたこと」自体が経歴の傷になってしまうようなところがあった。

「マリスタやめて、ソロになってもいいんじゃないか。萬城目もあんな調子だったし、九鬼会長にお願いすれば、きっと大丈夫だろ」

「できなくはないと思います。でも、やっぱり私は、マリスタに戻りたいです。みんなのこと、本当に姉妹みたいだって思ってますし、それに……」

「それに？」

「たぶん、なんですけど」

りさはそう前置きした後、マリスタについて自身が抱いている思いを語りはじめた。

「マリスタをやめたら、私、マリスタの外の人になっちゃいますよね。外からマリスタ運営の悪いところを話しても、その瞬間は少し騒ぎになるかもしれないですけど、『いなくなった人の話でしょ』と思われて、長くは続かないと思うんです」

「悪いところって……何やってたの」

りさの口から不穏な単語が出てきたため、思わず尋ねる。りさは頷くと、落ち着いた声で話を続けた。

「マリスタって、これまで萬城目さんの絶対王政といいますか、支配人の言うことには逆らってはいけないみたいなところがありまして……それで嫌な思いをした子や辛い目に遭った子も、これまでたくさんいたんです。今回は九鬼会長が出てきてくださったおかげで少しは変わりそうですけど、それも、ずっと続くわけではないと思うので」

りさはそこで言葉を切ると、小さく息を吸い、彼女の考えを語る。

「やっぱりずっと続く形で、ちゃんと変えようと思ったら、中から変えるしかないんです。他のアイドルの子たちのことも考えると、それが一番なのかなって」

りさは、自分が想像しているよりもずっと真剣に、グループと所属しているアイドルのことを考えているらしかった。その内容は冷静かつ的確に思え、この子を「天然のおバカキャラ」扱いしていた世間も自分も、ひどい誤解をしていたんじゃないかと感じていた。

りさは窓の外にやっていた視線を戻すと、佑太の方をじっと見つめた。

「だからいつか、私が支配人になります」

「……それ、いいな」

佑太は本心からそう口にしていた。自身もアイドルとして活動し続けてきたことで内部事情を知り尽くし、頭も冴《さ》え、他人のことを思いやる気持ちが強いりさなら、アイドルたちのマネジメントもうまくやっていけるのではないかと思う。

りさは嬉しそうに頷くと、さらに自分が温めていたアイディアを披露しはじめた。

「そしたら、支配人って名前も変えて、みんなのことを愛する人で、『愛人』とか、そういうのにしようと思うんです」

「……とりあえず、『愛人』はやめた方がいいな」

「だめですか?」

「うん。わりとまずい意味があるから」

純粋な目で佑太を見るりさに歯切れ悪く説明しながら、考えてみれば、愛する人を略した言葉が正妻でない女性を意味するというのも、おかしな話だと思う。

「そうですか……じゃあユウタさん、一緒に考えてもらっていいですか？」

りさは素直に聞き分けて、新たなアイディアを佑太に求め始める。突然飛んできたボールに戸惑いつつ、佑太は思いついたことを口にしてみた。

「マリスタって、隣人愛がどうとか言ってたろ。だから、『隣人』とか、そういうのでいいんじゃないか」

「なるほどです。さすがユウタさん、何でも知ってますね」

自分のアイディアがそれほどいいとは思わなかったが、りさは感心してくれていた。それから自身のスマートフォンを取り出すと、人懐こい笑みを見せる。

「そうだユウタさん、これからも、ＬＩＮＥとかで私いろいろ聞いちゃうと思うので、そのときはアドバイスくださいね？」

りさにそう尋ねられ、佑太は少し目を伏せる。りさが自分を慕ってくれていることは、これ以上ないくらい幸せなことだった。ただそれでも、伝えなくてはいけないと思う。

「これから、なんだけどさ」

りさは小首をかしげて、こちらを見る。その可憐《かれん》さに気持ちが揺れるのを感じながら、決意が鈍る前に、一息に口にしてしまうことにした。

「ここ出たら、しばらく会わない方がいいと思うんだ。連絡も、取らない方がいい」

「え?」

りさはきょとんとした表情を見せた後、穴が開くほど佑太を見つめた。

「どうして、ですか」

りさの表情が泣き出しそうに変わっていくのを見ながら、佑太の胸が強く疼《うず》く。

「ユウタさん、私のこと、嫌いになったんですか」

「嫌いになんか、なるわけないだろ」

まったく想像もできなかった形でりさと再会を遂げ、それから怒濤《どとう》のように過ぎていった日々のことを思い返す。外見も内面も、ここまで澄んだ綺麗な人を佑太は見たことがなかった。りさは自分の暗い人生で、本当に失いたくないと心の底から思えた人だった。どんな一瞬を思い出しても、嫌いになんてなりようがない。

「じゃあ、どうして……」

「あれから、いろいろ考えたんだけどさ」

りさが「どうして」を繰り返すのを固い面持ちで聞きながら、佑太は切り出す。

「今はお互い、連絡先も知ってるから……このままだとなんとなく連絡取り合って、また前みたいに会いたくなると思うんだ。りさは、俺の家も知ってるし」

話を聞きながら、りさはどこか一点を見ながら押し黙ってしまっていた。その様子が心配になり、佑太は一言加える。

「俺が勝手に、思い上がってるだけかもしれないけど」

「思い上がりでは、ないと思います。私もそうしたいって思ってましたし……ただ、ユウタさんのお話がリアルだったので、ちょっと、生々しいことを想像してしまって」

「それは……なんかごめん」

「いえいえ」

ぎこちない気遣いが交錯した後、また会話に間が空く。それ以上妙な空気にならないよう、佑太は話を先に進めることにした。

「りさはアイドル、続けるだろ」

「はい。まだ、やりたいことがあるので」

りさの気持ちを確認し、佑太は頷く。彼女の決意が固いのであれば、佑太もそれに応える必要があった。

「それならやっぱり、みんなのアイドル常盤木りさは、俺の汚いボロアパートなんかに、絶対に来ちゃダメなんだよ。今回は運が良くてなんとかなったけど、これからは本当に、大変なことになるから」

今回のりさの失踪《しっそう》は、あまりに突然かつ無計画なことだったので、週刊誌や一般人にも見つかることはなかった。ただ、一度これだけの騒ぎを起こした後では、りさの周辺の環境はまったく変わるはずだと思う。

「だから……アイドルの常盤木りさとフリーターの青砥佑太は、会わない方がいいんだ」

自分の決意を確かめるように、佑太は改めて言う。りさは丸椅子に座ったまま、しばらく何も言わずに俯いていた。長い沈黙の後、りさは静かに顔を上げる。その瞳は濡れていたが、同時に、何か覚悟を決めたような強さも感じられた。

「私がアイドル引退したら、会ってくれますか？」

佑太は頷いた後、自制しながら口を開く。

「でも、そのタイミングは今じゃない」

「そう、ですね」

りさは途切れ途切れに答えた後、続けて尋ねてくる。

「ユウタさんは、私がアイドルしている間、どうするんですか」

「俺は……」

不安がない訳ではない。ただ、随分前から、佑太の心は決まっていた。

「宇宙船、直しに行こうと思ってる」

「宇宙船」

佑太は頷き、東人の母の店で撮った貼《は》り紙の写真をりさに見せる。

「身体が治り次第、ここに電話する。東人のお母さんが認めてる人なら、きっと大丈夫だろうから」

話しながら、佑太はこのことを伝えるつもりだったもう一人の相手を思い浮かべる。

「りさのお兄さん、言ってたろ。現実に打ちのめされた人間には、理想って旗が要るって。あれ、その通りだと思ったんだ。お兄さんの行動は、ちょっと過激すぎたけど」

佑太は病室の外に目を向け、ここにいない相手にも届くよう、気持ちをこめて言う。

「あの宇宙船は、いつかまた飛ぶ。宇多莉の人も、フーバー星の人も、いつか必ず故郷に帰れる。……兄ちゃんのこと言えないくらい壮大だけどさ、俺はそういう旗、自分で揚げてみようと思って」

故郷から逃れ、宇宙船で漂着したフーバー星人と、宇宙船が漂着し、故郷に帰れなくなった宇多莉町の人々が、衝突せずに掲げられる理想。考えた末、佑太の出した結論は「宇宙船を直し、宇多莉町を漂着前の姿に戻す」ということだった。

その理想が叶うのが、いつになるかは分からない。ただそのために、自分一人でも行動を始めるつもりだった。

「りさの役割も、間違いなく大事なんだ。りさのステージを見て、それで気持ちが変わる人も、たくさんいると思う。ただ、本当に理想を実現したいと思ったら、お祭りみたいなイベントだけじゃ駄目なんだ。祭りの裏で、黙々と仕事する役割も要る。俺は、そういう役の方が向いてる」

佑太の脳裏にはりさの兄・ガイが逮捕された際の表情が浮かんでいた。

打ちのめされた人たちを無視して、「茶番」だけに力を入れれば、暴力的な手段で現実を変えようとする人たちがまた出てくるかもしれない。そんな事態を止めるためにも、地に足をつけて理想を目指す必要があると思った。

「いつになるかは分からないけど、あの宇宙船も、いつかは直る。俺の宇多莉の友達も、そう言ってずっと研究してる。だからさ、そうなったときに……宇宙船が直った時に、胸張ってそれを見届けられるような人生を、これからお互いにやるんだ」

瑛介の自信に満ちた瞳を思い返しつつ、やっと自分にも人生をかけてやりたいことが見つかったと思う。遠回りだったが、きっとその道のりは無駄ではなかったと感じていた。

「いつかまた、会えますよね」

「会えるよ。りさに会うまで、死なないから」

涙目で尋ねてくるりさを、少しでも安心させられるよう、そう答える。東人がしていた無茶な電話対応の言葉を、佑太はとっさに拝借していた。

「ずっと、観ててくださいね」

そう言って、りさは自然に佑太の右手を握る。りさの手は、いつも優しく温かかった。

「この数年、ずっと、悩んでました」

佑太は休憩室の片隅から、祈るような気持ちで画面を見つめる。りさのマイクを持つ手が、小刻みに震えているのが分かった。どよめきが収まらない中、りさは息を吸い、再び静かに話し始めた。

「不安になってしまうような事件もあって……だんだんと、地球人と宇宙人の間に、大きな溝みたいなものが、生まれてしまっているのを感じています。宇宙人は怖い。地球人は信用できない。そんな声を、お互いから聞くことが増えました」

「危険区域」の中で、佑太がガイの仲間に撃たれたあの事件は、もう一人の人質については まったく触れられない形で、しばらくニュース番組とワイドショーを賑《にぎ》わせていた。

織部新一朗と「宇宙人特権を許さない、地球市民を守る会」は水を得た魚のようにネットメディアで「宇宙人憎悪」を煽り、結果として、フーバー星人に対する世間の目は、事件前より明らかに厳しくなってしまっていた。

りさがセンシティブな話題に触れたことで、会場には彼女が登場する前とは性格の違う静寂が広がる。異様な空気の中、りさは話を続けた。

「でも私は……私は宇宙人ですが、地球人を、怖いと思ったことはありません。どうしてなんだろうと思って、休んでいる間に真面目に考えているうちに、一つ、思い出したことがありました」

りさはそこで言葉を切ると、小さく息を吸う。

太には、これから彼女が何を話すのかが分かった。
「私が、小さいときの話です」

りさの視線がカメラの方を向いた気がして、胸が締め付けられるような感覚を抱く。佑太には、これから彼女が何を話すのかが分かった。

「私は、あの宇宙船から落ちてきて、ある場所で溺《おぼ》れそうになっていました。私を見つけてくれた、地球人のその人は……不安で心が潰れそうになっていた宇宙人の小さな私を、迷わず助けてくれました。その人は『近くに自分しかいなかったからだ』なんて言ってましたけど……迷わず、助けてくれたんです」

りさは数万人の観客の前で、佑太の話をしていた。自分が特別な選択をしたとは思っていなかった。誰だってきっと、目の前に困っている人がいて、それを助けられるのが自分だけなら、同じことをするものだと信じていた。ただ、自分の取った選択がりさにとってはたしかに特別で、そのことが今、何かを変えようとしている。

その光景を画面の向こうで見ながら、佑太の心中には、自分が宇多莉に蒔《ま》いた一粒の種が、綺麗な大輪の青い花を咲かせる情景が浮かんでいた。

「それから私は、地球の人たちを良い人たちだと信じるようになりました。助けてくれたその地球人の方がいたから、たまに意地悪なことを言う地球の方がいても、地球の人たちみんなが意地悪なわけじゃないんだって、必ずいい人もいるんだって、ずっと信じて生きてこれました。それは……その人が、ずっと心の中にいたからです」

りさは左手を胸に当て、まっすぐに前をみる。

「私を助けてくれた人は、今はどこにいるか分かりません。でも、私の心の中には、ずっといます」

りさのライトブルーの瞳から、一筋の涙が流れ落ちた。それを見て初めて、佑太の頬にも涙が伝っていることに気づく。

もう二度と会えるかは分からない。ただ、今この瞬間、お互いの心が通じていることだけは確かだった。

「私は、誰かにとっての、その人になりたいんです。誰かが『宇宙人なんかみんな嫌だ』って思ってしまったときに、そういえばあいつがいたなって……りさってやつは、地球人が好きだって言ってたなって……誰かがそう思って、優しい気持ちに戻れるように、誰かの心に浮かぶ人になれるように、そのために今日、ここに戻ってきました」

りさは溢れる涙を拭《ぬぐ》うことなく、話し続けていた。

その表情がスクリーンに映し出され、濡れた声がスピーカーごしに流れる中、会場にも、小さく啜《すす》り泣く声が聞こえ始める。りさの言葉は、観客の心にしっかりと届き始めていた。

「私は、宇宙人です。でも、変わらず常盤木りさでもいたいと思ってます。いつか、宇宙人とか地球人とか、そういうこと全然気にせず、お互いただ『好きだよ』って言い合える人が増えるために、アイドルを続けたいと思ってます。まず私が自分から、この場をお借りして、みなさんのこと大好きなんだって、何度でも伝えたいです。みなさんが、お互いのことを、ずっと好きでいられるように」

宇宙人と地球人という垣根を越えるために、まずは自分から、何度でも愛を伝える。そのことが、すぐにどれだけの効果をもたらすかは分からない。ただ、常盤木りさがこのステージに立ったことによって、佑太は、自分のいるこの世界が、誇れるものに変わったような感覚を抱いていた。

りさは確かに今日あの場で、目の前の数万人の観客と、その光景を見守る何千万、何億という人々の世界を変えようとしていた。

「これからも……ずっと好きでいて、いいですか」

りさはカメラの方を向き、涙声で尋ねる。わずかな沈黙の後、さざなみのような拍手が広がり、会場全体から歓声が上がる。ステージの後ろからはマリア・シスターズのメンバーが現れていた。立ちすくむりさを、柊真希が後ろから支えて、肩を抱く。

「ありがとうございます。ほんとに、ありがとう」

巨大スクリーンには、りさのライトブルーの瞳が、涙で宝石のように輝いている。りさはやっと笑顔を見せると、メンバーたちと目を合わせ、すっと息をすった。同時に、オープニング曲『懺悔《ざんげ》しちゃお?』のイントロが流れ始める。

「私もちょうど、しちゃったところですね……がんばって歌うので、聴いてください」

会場は、再び大きな歓声に包まれていった。

無事コンサートが始まったことを見届けると、佑太は涙に濡れた両目を隠すようにゴーグルをつけ、自然と浮かんでいた笑みを閉じ込めるように防塵マスクをする。建物を出て進む先には、夜間作業のためにライトアップされた、銀色の宇宙船が待っていた。

エピローグ

2060 7/12
AM 9:32

年代物のデジタル時計が、ジリジリと音を立てている。

赤嶺東香《はるか》は喫茶「ぴーぷる」のカウンター席に座り、画面の方をなんとなく眺めていた。ディスプレイ技術が発達したおかげで今はこの形の時計を見ることはほとんど無くなったけど、たった七本の光の棒だけですべての数字をつくる画面の様子がなんだか面白くて、東香はこのデジタル時計を少し気にいっていた。

十一時の開店まではまだ時間があり、お店は東香と祖父の東人だけが貸し切りで使っている。東人は杖《つえ》を机に立てかけ、店の隅にある薄型の映像端末で、真剣に中継映像を観ていた。

『用語は一見複雑ですが、行うことはシンプルです。構造物の解析の結果、我々はクリティカルな問題の解決に成功しました』

「もー、そのおじちゃん何回出てくんの？」

画面の中では、理知的な雰囲気の初老の男性が、大きな目を煌《きら》めかせながら説明する様子が繰り返し映し出されていた。今日は宇多莉であの宇宙船の打ち上げが行われる日で、映像メディアは朝からその話題で持ち切りだったけど、東香にはどうしてみんながそこまで騒ぐのかがよく分からなかった。

「失礼なこと言うんでねぇぞ。こいつは、俺《おれ》の学校でいっちばん勉強ができたんだ。だからこうやって、ＪＡＸＡの偉い人になって会見にまで出てんだぞ」

東人がよく通る大声で言うのを聞きながら、東香は「ふぅん」と気のない返事をする。

「東人おじいちゃんは、勉強できなかったから警察になったの？」

「何ぃ？　ったく、近頃《ちかごろ》の若者は、年寄りを敬うって言葉を知らねえんだな」

口では怒ってるようなことを言っているけど、その表情は優しい。東香は東人のそんなところを気に入っていた。

東香にとってただの大酒飲みのおじいちゃんでしかないものの、東人は宇多莉町の一部の人たちには「伝説の警察官」なんて呼ばれ方をしていた。なんでも、東香が生まれるずっと昔、東人はこの町で起きたテロ事件の犯人を一人で捕まえたことがあるらしい。その時もらった「警視総監賞」の賞状は、いまだに東香の家の片隅に飾られていた。東人は白髪頭《しらがあたま》を撫《な》でながら、再び店の隅で光る液晶画面に目をやる。会見の映像はやっと終わり、カメラは再び発射間近となった銀色の宇宙船を捉《とら》えていた。

「しかし、ほんとに飛ぶんだな」

東人は感慨深げにそうつぶやくと、自分のために持ってきていた店のおしぼりで顔を拭う。その眼《め》には、わずかに光るものが見えた。

「え、じいちゃん、泣いてんの？」

「うるせぇ。泣かねえ訳には、いかねえんだ」

はじめは茶化すように尋ねた東香も、大の大人が声を殺して涙を流す姿には感じるものがあって、それからしばらくは、何も言わず、祖父の様子を黙って見守っていた。

「……でもよかったね。なんか、昔は大変だったんでしょ？」

「んだな。ちっとばかし、大変だった」

東人はあの宇宙船のことについて自分から話すことはあまりなかったけど、その骨ばった手と皺《しわ》には、宇多莉町の警官として定年まで勤めあげた苦労が刻まれているように見えた。

アナウンサーが言うには、今日は、あの宇宙船がこの町に落ちてきてから五十年の日でもあるらしい。そこまで考えたところで、東香はあることを思い出した。

「あ、そうだ。夏休みの宿題でさ、宇宙船漂着経験世代の人に話聞いて作文書かなきゃいけないんだよね。あとでじいちゃん手伝ってよ」

「あぁ、そういうことなら、なんぼでもしゃべる」

「別に、ちょっとでいいけどねー」

東人が語る昔話はいつも面白かったけど、話し出すと止まらないことが玉に瑕《きず》だった。

東人は店の天井の方を見ると、日本酒の一升瓶を握り、唸《うな》るように言った。

「佑太、おめぇもさっさと店さ来い！　早くこねえと、酒みんななくなっちまうぞ」

「あんまり飲んじゃ駄目だよー？　じいちゃん、まだまだ長生きするんでしょ」

東人は酔うといつも「ユウタ」さんという人の名前を口にしていた。どんな人かは分からないけど、きっと東人にとっては大切な人だったんだと思う。東香は小さく笑みを浮かべると、東人の手から一升瓶を預かり、二人並んで宇宙船の打ち上げを観ることにした。

2060 7/13 AM 10:12

『斥力《ふうりょく》を利用した宇宙船による、初の有人飛行に成功された宇宙飛行士、青砥・タティスカンナ・佑莉《ゆうり》さんと中継がつながっています。青砥さん、今のご感想をお聞かせいただけますか？』

宇宙船打ち上げ成功のニュースが世界中を駆け巡り、テレビとネットの話題もやっと日常のものに戻りはじめた翌日。朝の情報番組には、現在飛行している宇宙船から特別ゲストが登場していた。

佑莉はショートカットの黒髪に意志の強そうな青い瞳《ひとみ》を輝かせ、カメラをやや睨《にら》むように画面に映っている。佑莉はふっくらとした唇を開くと、澄んだ声で話し始めた。

『……はじめに訂正させていただきますと、斥力を利用した宇宙船による初の有人飛行は、五十年以上前にフーバー星人が成功させていますので、今回の飛行は地球初、というのが

た。
スタジオのＭＣはその怜悧《れいり》な口調にややたじろぎつつ、佑莉に合わせて愛想《あいそ》笑いを浮かべ
佑莉の口調はやや挑戦的だったが、最後にカメラに向かって微笑《ほほえ》むことは忘れなかった。
正確です』

『あっ、それは大変失礼いたしました。それでは……改めまして、弁力を利用した宇宙船による、地球初の有人飛行に成功された宇宙飛行士、青砥・タティスカンナ・佑莉さんに中継がつながっております。青砥さん、今のご感想をお聞かせください』

『遠くで眠る父にも、今日のことが届いていると嬉《うれ》しいです』

佑莉は少ししめやかな声でそう言って、視線を落とす。

『あ、それは、そうだったのですね……必ずや、お喜びではないかと思います』

ＭＣは、その言葉にまた動揺を深めたようだった。その反応を聞いた佑莉は悪戯《いたずら》っぽく笑うと、カメラに向かって手を振り始める。

『お父さん、今日はちゃんと起きてるかな？』

『……あの、起きてる、とおっしゃいますと』

言葉を理解できず、弱り切った声で尋ねるＭＣ。どうやらまた、佑莉の悪い癖が出ているようだった。

「相変わらず、タチの悪い冗談を言うやつだ」

佑太は映像端末から目を離し、低い声でぼやく。

「でも、元気があっていいいんじゃないですか」

りさはおっとりとした声でそんなことを言う。三つ編みに結った長い白髪には品があったが、残念ながら娘には、この上品さは遺伝しなかったらしい。

「元気なのはいいいんだが、態度が悪い。最近の若いやつはみんなそうだが、佑莉も、何かというとすぐメディアの連中にケンカを売るだろ」

「いったい、誰《だれ》に似たんでしょうね」

りさはそう言って、優しく微笑む。そう言われると自分にも相当責任がある気がして、佑太はしばし閉口する。

佑莉は冗談でアナウンサーをからかうのはインタビューの初めだけにしたようで、今は真剣なまなざしで、今回の飛行が今後の宇宙探索にもたらす意義について語っていた。

「この分だと、フーバー星に行くのもそう遠い話じゃなさそうだな」

「ええ。円谷さんにはもう少し頑張っていただかないといけないですね」

そう言って頷くりさを見ながら、彼女と一緒であれば、これから何年先でも待てるだろうと思う。入籍からはまもなく三十年が経過しようとしていたが、結婚してからも、佑太は彼女に何度も恋をし直していた。

「あ、そういえば赤嶺さんがまた、お店からの配信であなたのこと言ってましたよ。佑太は今日は店に来ねえのかって。小学生のお孫さんが、夏休みの宿題で宇宙船の作業員をしていた人にお話を聞きたいんですって」

りさが映像端末を見ながら、思い出したように言う。東人の両親が租界で再開した居酒屋「ぴーぷる」は、今は東人の息子夫婦が継いで喫茶店となり、東人は「名誉店長だ」などと言いながら店にしょっちゅう入り浸っているらしかった。

「りさが行って話した方が、東人もみんなも喜ぶだろ」

「私は遠慮しますよ。引退した身ですし、あなたのやったことは充分立派なんですから」

りさは落ち着いた声でそう言うと、また佑莉の中継に目を落とす。「常盤木りさ」はデビュー十周年のライブを区切りに完全に芸能活動を引退し、以降一度もメディアに登場していなかった。ただ、あの「宇宙友好博覧会」以降、夏に恒例で開催されることとなった「宇宙友好チャリティーコンサート」にだけは「特別世話人」として運営に参加し、それを知るファンが会場に詰めかけ多額の寄付を寄せることが一種の風物詩ともなっていた。

中継終わりにカメラに向かって手を振る佑莉を見届けた後、佑太はりさと外へ出る。この家に戻ってからは、朝食後に二人で散歩に出かけることが恒例になっていた。

「佑莉は、いつ頃地球に帰ってくるんでしょうね」

「早い方がいいが、まぁ、いつ帰ってきてもいいな」

少し不思議そうな顔をしたりさに目を合わせると、佑太は歩いてきた方向を振り返る。建ててから随分時間が経《た》ったため壁はやや古びてはいたが、子どもの頃から見ていた青い屋根は健在だった。

「この家はもう、誰にも出てけなんて言われないだろ」

「それもそうですね」

そう言って微笑み合った後、佑太はりさの手を取って再び歩き出す。碧《あお》く輝く鏡沼は、連れ添う二人を優しく映し出していた。

Haruki Bunko
ハルキ文庫

ね 2-1

宇宙船《うちゅうせん》の落《お》ちた町《まち》

著者
根本聡一郎《ねもとそういちろう》

2019年11月18日第一刷発行

発行者
角川春樹

発行所
株式会社角川春樹事務所
〒102-0074 東京都千代田区九段南2-1-30 イタリア文化会館

電話
03(3263)5247(編集)
03(3263)5881(営業)

印刷・製本
中央精版印刷株式会社

フォーマット・デザイン 芦澤泰偉
表紙イラストレーション 門坂 流

ISBN978-4-7584-4305-0 C0193 ©2019 Soichiro Nemoto Printed in Japan
http://www.kadokawaharuki.co.jp/[営業]
fanmail@kadokawaharuki.co.jp[編集]　ご意見・ご感想をお寄せください。